Título original: *The Whisperer in Darkness*
copyright © Editora Lafonte Ltda. 2022

Todos os direitos reservados.
Nenhuma parte deste livro pode ser reproduzida por quaisquer meios existentes sem autorização por escrito dos editores.

Direção Editorial **Ethel Santaella**

REALIZAÇÃO

GrandeUrsa Comunicação

Direção Denise Gianoglio
Tradução Victória Pimentel
Revisão Ana Elisa Camasmie
Capa, Projeto Gráfico e Diagramação Idée Arte e Comunicação

Dados Internacionais de Catalogação na Publicação (CIP)
(Câmara Brasileira do Livro, SP, Brasil)

```
Lovecraft, H.P., 1890-1937
   Sussurros nas trevas : e outras histórias
sombrias / H.P. Lovecraft ; tradução Victória
Pimentel. -- 1. ed. -- São Paulo : Lafonte, 2022.

   Título original: The whisperer in darkness
   ISBN 978-65-5870-283-2

   1. Literatura infantojuvenil I. Título.

22-112324                                  CDD-028.5
```

Índices para catálogo sistemático:

1. Literatura infantojuvenil   028.5
2. Literatura juvenil   028.5

Aline Graziele Benitez - Bibliotecária - CRB-1/3129

Editora Lafonte

Av. Profª Ida Kolb, 551, Casa Verde, CEP 02518-000, São Paulo-SP, Brasil – Tel.: (+55) 11 3855-2100
Atendimento ao leitor (+55) 11 3855-2216 / 11 3855-2213 – atendimento@editoralafonte.com.br
Venda de livros avulsos (+55) 11 3855-2216 – vendas@editoralafonte.com.br
Venda de livros no atacado (+55) 11 3855-2275 – atacado@escala.com.br

SUSSUROS NAS TREVAS

E OUTRAS HISTÓRIAS SOMBRIAS

Tradução
Victória Pimentel

Brasil, 2022

Lafonte

I	SUSSURROS NAS TREVAS	6
II	A MALDIÇÃO DE SARNATH	96
III	O FORASTEIRO	106
IV	ELE	116
V	POLARIS	132
VI	A GRAVURA NA CASA	140
VII	SOB AS PIRÂMIDES	154

Capítulo 1

Lembre-se, com atenção, de que, no fim, não vi nenhum verdadeiro horror visual. Afirmar que um choque mental foi a causa daquilo que deduzi – a gota d'água que me fez sair correndo da isolada fazenda Akeley, pelas selvagens colinas arredondadas de Vermont, em um veículo tomado durante a madrugada – é o mesmo que ignorar os fatos mais evidentes de minha última experiência. Apesar das coisas profundas que vi e ouvi e da vivacidade reconhecida da impressão provocada em mim por tais fatos, não posso comprovar, mesmo agora, se estava certo ou errado em minha horrível dedução. Pois, afinal, o desaparecimento de Akeley não prova nada. As pessoas não encontraram nada de estranho em sua casa, apesar das marcas de tiros do lado de fora e em seu interior. Foi como se ele apenas tivesse saído casualmente, para um passeio pelas colinas, e não tivesse retornado. Não havia sequer um sinal de que algum hóspede estivera ali ou de que aqueles horríveis cilindros e máquinas tivessem sido armazenados no escritório. O fato de que ele houvesse temido mortalmente as abundantes colinas verdejantes e o infinito escoar dos riachos entre os quais havia nascido e sido criado não significa nada também; pois milhares estão sujeitos a tais temores mórbidos. A excentricidade, além do mais, poderia explicar com facilidade seus estranhos atos e apreensões em relação a esses medos.

A história toda teve início, até onde sei, com as enchentes históricas e sem precedentes de Vermont, em 3 de novembro de 1927. Na época eu era, como agora, professor de literatura na Universidade de Miskatonic, em Arkham, Massachusetts, e um entusiasmado estudante amador do folclore da Nova Inglaterra. Pouco tempo depois da inundação, em meio às variadas notícias sobre as dificuldades, os sofrimentos e a ajuda organizada que ocuparam os veículos de imprensa, surgiram certos relatos estranhos sobre coisas flutuando em alguns dos rios transbordantes; de modo que muitos dos meus amigos embarcaram em discussões curiosas e solicitaram meu auxílio para esclarecer o que fosse possível sobre o assunto. Fiquei orgulhoso em ver que meu estudo do folclore era levado a sério, e fiz o que pude para minimizar as loucas e vagas histórias que pareciam, tão claramente, aumentar as velhas superstições primitivas. Diverti-me ao encontrar diversas pessoas instruídas insistindo que uma camada de fatos obscuros e distorcidos poderia estar por trás de tais rumores.

Assim, os relatos que chegaram ao meu conhecimento vieram sobretudo de recortes de jornais; embora uma das historietas tivesse uma fonte oral e houvesse sido recontada a um amigo em uma carta de sua mãe em Hardwick, Vermont. Em todos os casos, o tipo de coisas que eram descritas era essencialmente o mesmo, embora parecesse haver três episódios distintos envolvidos – um relacionado ao rio Winooski, próximo de Montpelier, outro conectado ao rio West. no Condado de Windham, além de Newfane, e um terceiro centralizado no rio Passumpsic. no Condado de Caledônia. para além de Lyndonville. É claro que muitos dos artigos aleatórios mencionavam outros casos, mas, analisando bem, todos pareciam se resumir a esses três. Em cada um deles, os camponeses afirmavam ter visto um ou mais objetos bizarros e perturbadores nas águas avolumadas que fluíam das colinas desertas, e havia uma tendência generalizada em conectar essas visões a um ciclo primitivo, quase esquecido, de lendas sussurradas, que os mais velhos ressuscitaram na ocasião.

O que as pessoas pensaram ter visto eram formas orgânicas diferentes de tudo o que já haviam observado antes. Naturalmente, havia diversos corpos humanos sendo carregados pela torrente naquele trágico período; no entanto, aqueles que descreveram as estranhas formas estavam bastante certos de que não eram humanas, apesar de alguma semelhança superficial em relação ao tamanho e aos contornos gerais. Também não se pareciam, disseram as testemunhas, com nenhuma espécie animal conhecida em Vermont. Eram coisas rosadas que mediam cerca de 1 metro e meio de comprimento; possuíam o corpo como o de crustáceos, com enormes pares de barbatanas dorsais ou asas membranosas e diversos conjuntos de membros articulados com um tipo de elipsoide contorcido, coberto por um aglomerado de antenas bem pequeninas, em que uma cabeça normalmente se localizaria. Era realmente extraordinário como os relatos de diferentes fontes tendiam a coincidir de maneira tão fiel, embora o espanto tenha sido reduzido pelo fato de que as lendas antigas, compartilhadas em algum momento por toda a região montanhosa, forneciam um retrato morbidamente vívido, que poderia muito bem ter colorido a imaginação de todas as testemunhas envolvidas. Concluí que tais pessoas – em todo caso, um povo inocente e simples do interior – identificaram os corpos feridos e inchados de seres humanos ou de animais das fazendas nas correntes em turbilhão; e permitiram que o folclore, quase esquecido, se dedicasse a esses objetos deploráveis com atributos fantásticos.

As antigas crenças, embora nebulosas, evasivas e amplamente esquecidas pela geração atual, tinham um caráter bastante peculiar e, sem dúvida, refletiam a influência de contos indígenas ainda mais remotos. Eu as conhecia bem, apesar de nunca ter estado em Vermont, pela monografia extremamente rara de Eli Davenport, que compreende um material obtido de modo oral, antes de 1839, entre os mais antigos habitantes do estado. Além disso, esse material coincidia rigorosamente com contos que eu tinha ouvido, pessoalmente, dos velhos moradores das montanhas de New Hampshire.

Resumindo brevemente, eles sugeriam uma raça oculta de seres monstruosos que espreitavam em algum lugar entre as colinas mais distantes – nos profundos bosques dos cumes mais elevados e nos vales escuros onde os riachos fluíam de fontes desconhecidas. Esses seres raramente eram vistos, mas evidências de sua presença eram relatadas por aqueles que haviam se aventurado para além do habitual, pelas encostas de certas montanhas ou por certos desfiladeiros profundos e íngremes que até mesmo os lobos evitavam.

Havia estranhas pegadas ou marcas de garras na lama das margens dos córregos e dos trechos inférteis, e curiosos círculos de pedra, com a grama ao redor bastante desgastada, que não aparentavam ter sido construídos e inteiramente moldados pela natureza. Também havia certas cavernas de profundidade problemática ao lado das colinas, com suas entradas fechadas por rochas de uma maneira quase acidental, e com uma quantidade maior que o normal de estranhos rastros, que levavam para dentro e para fora delas – se, de fato, a direção daquelas marcas pudesse ser determinada com exatidão. E, o pior de tudo, havia as coisas que os aventureiros tinham visto ocasionalmente, durante o anoitecer, nos vales mais remotos e nos densos bosques verticais além dos limites da elevação normal das colinas.

Teria sido menos desconfortável se os relatos aleatórios sobre tais coisas não tivessem correspondido tanto entre si. Daquele modo, praticamente todos os rumores possuíam vários pontos em comum – afirmando que as criaturas eram uma espécie de caranguejo rosado enorme, com muitos pares de pernas e duas imensas asas, como as de um morcego, no meio das costas. Às vezes, andavam sobre todas as pernas e, em outros momentos, sobre o par traseiro, usando os membros restantes para transportar grandes objetos de natureza indeterminada. Em uma ocasião, foram observados em quantidades consideráveis, sendo que um destacamento deles havia caminhado ao longo de um raso curso de água em um bosque, em grupos de três, um ao lado do outro, em uma formação evidentemente disciplinada. Certa vez, um espécime foi avistado voando, lançando-se do topo de uma colina isolada e descampada durante a madrugada e desaparecendo no céu, depois que a silhueta de suas grandes asas agitadas fora observada, por um instante, em contraste com a lua cheia.

Essas criaturas pareciam satisfeitas, de modo geral, em deixar a humanidade em paz – embora fossem, às vezes, consideradas responsáveis pelo desaparecimento de aventureiros, especialmente de pessoas que construíam sua casa muito próxima de certos vales ou em pontos muito elevados em determinadas montanhas. Muitas localidades ficaram conhecidas como áreas desaconselhadas a que alguém lá se estabelecesse, e tal impressão persistiu por muito tempo depois que sua razão foi esquecida. As pessoas olhavam com calafrios para os precipícios das montanhas vizinhas, mesmo quando não se lembravam de quantos moradores haviam sumido nem de quantas fazendas haviam sido completamente destruídas pelo fogo nas encostas mais baixas daquelas sombrias sentinelas verdejantes.

No entanto, embora as lendas mais antigas afirmassem que as criaturas prejudicavam apenas aqueles que invadissem sua privacidade, havia relatos mais recentes de sua curiosidade a respeito dos homens e de suas tentativas em estabelecer secretos postos avançados no mundo humano. Havia histórias de estranhas marcas de garras observadas ao redor das janelas das casas nas fazendas, pela manhã, e de desaparecimentos ocasionais nas regiões além das áreas obviamente mal-assombradas. Histórias, também, de vozes zumbindo, imitando a fala humana, que faziam curiosas ofertas a viajantes solitários em estradas e em rotas de carroças nos profundos bosques, e de crianças aterrorizadas por coisas vistas ou ouvidas onde a floresta primitiva se aproximava do jardim de sua casa. Na última série das lendas – a série que precedia o declínio da superstição e a desistência do contato próximo com tais locais temidos –, havia referências chocantes a eremitas e fazendeiros reservados que, em dado momento da vida, aparentavam ter sofrido por uma repulsiva transformação mental, e que passaram a ser evitados e apontados como mortais que teriam vendido sua alma a estranhos seres. Em um dos condados do nordeste, em torno de 1800, parecia existir o costume de acusar os excêntricos e impopulares reclusos de ser aliados ou representantes daquelas coisas abomináveis.

Quanto ao que eram tais coisas, as explicações naturalmente variavam. O nome mais comum usado para se referir a elas era "aquelas criaturas" ou "aquelas criaturas antigas", embora outros termos fossem utilizados de modo local e transitório. Talvez a maior parte dos colonos puritanos os tenha considerado abertamente como servos do diabo e os tenham transformado na base de uma especulação teológica impressionante. Aqueles que possuíam lendas celtas como herança – principalmente o grupo escocês-irlandês de New Hampshire e seus familiares que haviam se estabelecido em Vermont nas concessões coloniais em Governor Wentworth – associavam-nos vagamente às fadas malignas e às "pequenas criaturas" dos pântanos e dos fortes circulares, e se protegiam com trechos de encantamentos transmitidos ao longo de muitas gerações. Mas os indígenas tinham as teorias mais fantásticas de todas. Embora diversas lendas tribais fossem diferenetes, havia um consenso eminente sobre a crença em certas particularidades vitais; de forma unânime, era de comum acordo que não se tratava de criaturas nativas deste planeta.

Os mitos do povo Pennacook, os mais consistentes e pitorescos, explicavam que os Alados vieram da Ursa Maior, no céu, e possuíam minas em nossas colinas terrestres, das quais extraíam um tipo de pedra que não se podiam obter em nenhum outro mundo. Eles não viviam aqui, contavam as lendas. Apenas mantinham postos avançados, e voavam de volta, carregando vastas cargas de rochas para suas próprias estrelas no Norte. Faziam mal somente àqueles humanos da Terra que se aproximavam demais ou que os espiavam. Os animais os evitavam, devido a uma aversão instintiva, e não por serem caçados. As criaturas não podiam comer as coisas e os animais da Terra e traziam seu próprio alimento das estrelas. Era muito ruim chegar perto delas, e, às vezes, jovens caçadores que adentravam suas colinas nunca retornavam. Não era bom, também, ouvir o que elas sussurravam durante a madrugada, na floresta, com vozes como as de abelhas que tentavam reproduzir a fala dos homens. As criaturas conheciam a língua de todos os povos – pennacooks, hurões, homens das Cinco Nações –, mas não pareciam ter ou precisar de nenhum idioma próprio. Comunicavam-se com a cabeça, que mudava de cor de diversas maneiras para indicar diferentes coisas.

É claro que todos os mitos, dos brancos e dos indígenas, se enfraqueceram ao longo do século XIX, exceto por ocasionais surtos ancestrais. Os costumes dos habitantes de Vermont se fixaram, e, uma vez que eles estabeleceram seus trajetos e moradias habituais de acordo com um determinado plano fixo, passaram a se lembrar cada vez menos dos medos e receios que haviam definido tal plano, e até mesmo de que essas impressões tinham existido. A maioria das pessoas sabia apenas que certas regiões montanhosas eram consideradas altamente insalubres, improdutivas e, em geral, áreas desafortunadas para viver; e que, quanto mais afastado se mantivesse delas, melhor. Com o tempo, a rotina dos costumes e os interesses econômicos tornaram-se tão habituais nos locais permitidos que não havia mais razão para ir além deles, e as colinas mal-assombradas foram abandonadas, mais pelo acaso que por intenção. Salvo durante raros momentos de pânico local, apenas avós fascinadas por fenômenos maravilhosos e nonagenários saudosistas sussurravam sobre os seres habitantes daquelas colinas; e, ainda assim, tais sussurros admitiam que não havia muito a temer em relação àquelas coisas, agora que elas estavam acostumadas à presença de casas e povoados, e agora que os seres humanos haviam isolado, rigorosamente, o território em que viviam.

Tudo isso eu sabia há muito tempo, por causa de minhas leituras e de algumas histórias populares de New Hampshire; por isso, quando, na época das inundações, tais rumores começaram a aparecer, pude facilmente adivinhar que contexto imaginativo os havia produzido. Esforcei-me bastante para explicá-lo a meus amigos, e fui igualmente entretido quando várias almas contenciosas continuaram a insistir em um possível elemento verdadeiro naqueles relatos. Essas pessoas tentaram chamar atenção para o fato de que aquelas lendas primitivas eram consideravelmente persistentes e uniformes, e que a natureza praticamente inexplorada das colinas de Vermont tornava imprópria a incredulidade ao que poderia ou não estar vivendo entre elas. Tampouco meus amigos poderiam ser silenciados pela minha garantia de que todos os mitos tinham um padrão bastante conhecido, comum a quase toda a humanidade e determinado pelas fases iniciais da experiência imaginativa que sempre produzira o mesmo tipo de delírio.

De nada adiantava demonstrar a tais oponentes que os mitos de Vermont possuíam pouca diferença, em essência, daquelas lendas universais de personificação natural que haviam preenchido o mundo antigo de faunos, dríades e sátiros, que haviam sugerido a existência dos *kallikantzaroi* da Grécia moderna, e que haviam abastecido os selvagens territórios do País de Gales e da Irlanda de indícios obscuros de estranhas, pequenas e terríveis raças ocultas de trogloditas e seres habitantes de tocas. De nada adiantava, também, indicar a crença, ainda mais surpreendentemente similar, das tribos das montanhas nepalesas sobre os temidos mi-go ou sobre os "abomináveis homens da neve", que espreitavam de modo horrendo em meio aos picos de gelo e de rochas, nos pontos mais altos do Himalaia. Quando mencionei essa evidência, meus oponentes se voltaram contra mim, alegando que ela deveria implicar alguma historicidade verdadeira nas antigas lendas; que afirmaria a real existência de alguma estranha raça terrestre mais antiga, levada a se esconder após o surgimento e a dominância da humanidade, e que poderia muito bem ter sobrevivido em número reduzido até épocas relativamente recentes – ou mesmo até o presente.

Quanto mais eu ria daquelas teorias, mais aqueles amigos teimosos as afirmavam. Eles acrescentavam que, mesmo sem a herança das lendas, os novos relatos eram muito claros, consistentes, detalhados e razoavelmente banais, no modo em que eram contados, para que fossem ignorados por completo. Dois ou três extremistas fanáticos foram tão longe que sugeriram possíveis significados nos antigos contos indígenas que concediam aos seres ocultos uma origem extraterrestre; mencionavam os livros extravagantes de Charles Fort, com suas alegações de que viajantes de outros mundos e do espaço sideral visitavam a Terra com frequência. A maior parte de meus adversários, no entanto, era de meros românticos, que insistiam em tentar transferir para a vida real a crença fantástica das "pequenas criaturas" à espreita, popularizada pela magnífica ficção de horror de Arthur Machen.

Capítulo 2

Como era natural sob as circunstâncias, esse instigante debate finalmente foi publicado no formato de cartas, no *Arkham Advertiser*, algumas das quais foram replicadas na imprensa das regiões de Vermont de onde vieram as histórias sobre as enchentes. O *Rutland Herald* deu meia página de trechos das cartas de ambos os lados da discussão, enquanto o *Brattleboro Reformer* reimprimiu integralmente uma das minhas longas sínteses históricas e mitológicas, acompanhada de alguns comentários na ponderada coluna "The Pendrifter's", que sustentou e aplaudiu minhas céticas conclusões. À altura da primavera de 1928, eu já era quase uma figura bem conhecida em Vermont, apesar de nunca ter posto os pés no estado. Então, vieram as estimulantes cartas de Henry Akeley, que me impressionaram profundamente e me conduziram pela primeira e última vez ao fascinante reino dos numerosos precipícios verdejantes e dos riachos das florestas sussurrantes.

A maior parte do que sei sobre Henry Wentworth Akeley obtive por meio de correspondência com seus vizinhos e com seu único filho na Califórnia, depois de minha experiência em sua fazenda isolada. Ele era, descobri, o último representante, em sua terra natal, de uma longa e localmente distinta linhagem de juristas, administradores e fazendeiros. A partir dele, porém, a família se desviou mentalmente dos assuntos práticos, em direção aos estudos de forma mais pura, e ele acabou se tornando um estudante notável de matemática, astronomia, biologia, antropologia e folclore na Universidade de Vermont. Eu nunca tinha ouvido falar dele antes, e ele não dera muitos detalhes autobiográficos em sua correspondência. Mas, logo no início, vi que era um homem de caráter, educação e inteligência, embora fosse um recluso, com pouquíssima sofisticação mundana.

Apesar da incrível natureza do que Akeley afirmava, não pude, imediatamente, deixar de levá-lo mais a sério que qualquer um dos outros que contestavam meu ponto de vista. Em primeiro lugar, ele estava realmente próximo dos verdadeiros fenômenos – visíveis e tangíveis – sobre os quais especulara de modo tão grotesco; e, também, encontrava-se surpreendentemente disposto a deixar suas conclusões em uma condição provisória, como um verdadeiro homem da ciência. Ele não tinha preferências pessoais para antecipar e sempre fora conduzido pelo que julgava ser uma evidência sólida. É claro que, de início, eu o considerei equivocado, mas lhe dei crédito por estar inteligentemente equivocado. E em nenhum momento agi como alguns de seus amigos, atribuindo suas ideias e seu temor das colinas isoladas e verdejantes à insanidade. Eu percebia que se tratava de algo importante para o homem, e sabia que o que ele relatava devia, certamente, originar-se de estranhas circunstâncias dignas de investigação, por menor que fosse a relação com os motivos fantásticos que ele lhe atribuíra. Mais tarde, recebi dele certas provas materiais, que posicionaram a questão em uma base um tanto quanto diferente e perturbadoramente bizarra.

Não posso fazer algo melhor que transcrever por completo, até onde for possível, a longa carta em que Akeley se apresentou e que constituiu um marco tão importante na minha própria história intelectual. Ela não está mais em minha posse, mas minha memória guarda praticamente cada palavra de sua impressionante mensagem; e, novamente, reitero minha confiança na sanidade do homem que a escreveu. Aqui está o texto – um texto que chegou a mim em garranchos comprimidos, de aparência antiga, de uma pessoa que, obviamente, não havia se misturado muito com o mundo ao longo de sua vida tranquila e erudita.

E.G.R.¹ #2,
Townshend, Cia. Windham, Vermont.
5 de maio de 1928.
Ilustríssimo senhor Albert N. Wilmarth,
Rua Saltonstall, número 118,
Arkham, Massachusetts

Meu caro senhor,

Li com grande interesse a reimpressão de sua carta, no Brattleboro Reformer (edição de 23 de abril de 1928), acerca das histórias recentes sobre os estranhos corpos vistos flutuando em nossos riachos transbordantes no último outono e sobre o curioso folclore a que tão bem correspondem. É fácil perceber por que um estrangeiro tomaria a posição que você tomou, mesmo porque a Pendrifter concorda com suas ideias. É essa a postura geralmente adotada por pessoas estudadas, dentro e fora de Vermont; e era minha própria postura quando jovem (tenho agora 57 anos), antes que meus estudos, tanto os mais gerais como os relativos ao livro de Davenport, me levassem a explorar algumas partes das colinas da região que não costumam ser visitadas.

Fui conduzido a tais investigações pelos antigos e extraordinários contos que costumava ouvir de velhos fazendeiros, do tipo mais ignorante, mas, agora, gostaria de ter deixado a questão de lado. Eu poderia dizer, com toda a modéstia apropriada, que a disciplina da antropologia e do folclore não é, de maneira alguma, estranha para mim. Estudei bastante sobre os temas na faculdade, e estou familiarizado com o trabalho da maior parte das autoridades de referência, como Tylor, Lubbock, Frazer, Quatrefages, Murray,

---

1 Entrega Gratuita Rural. (N. da T.)

Osborn, Keith, Boule, G. Elliott Smith e assim por diante. Não é novidade para mim que as histórias sobre raças ocultas sejam tão antigas quanto toda a humanidade. Vi as reimpressões de suas cartas e as daqueles que concordam com você, no Rutland Herald, e acredito saber onde se encontra sua controvérsia no presente momento.

O que desejo dizer agora é que temo que seus adversários estejam mais perto da verdade do que você, embora todas as razões pareçam estar do seu lado. Eles estão mais próximos do que imaginam, pois seguem, é claro, apenas a teoria, e não sabem o que sei. Se eu soubesse tão pouco sobre o assunto quanto eles, sentiria-me apto a confiar no que eles acreditavam. Eu estaria totalmente do seu lado.

Você pode perceber que estou tendo dificuldades em chegar ao cerne da questão, provavelmente porque tenho medo de tocar nesse ponto. Mas o fato é que possuo certas evidências de que coisas monstruosas realmente vivem nos bosques, nas altas colinas que ninguém visita. Não vi nenhum dos corpos flutuantes nos rios, como relatado, mas vi seres como tais, em circunstâncias que receio repetir. Vi pegadas, e ultimamente as tenho visto mais perto de minha própria casa (moro na velha fazenda Akeley, ao sul do vilarejo Townshend, ao lado da Montanha Negra) do que agora ouso lhe dizer. E entreouvi vozes nos bosques, em certos lugares que não devo sequer começar a descrever no papel.

Em dado local, tanto as ouvi que resolvi utilizar um fonógrafo, junto de um ditafone e de cera virgem – tentarei arranjar um meio para que você possa ouvir o que gravei. Reproduzi a gravação na máquina, para alguns dos velhos habitantes aqui da região, e uma das vozes os deixou quase paralisados de medo, por sua semelhança a certa voz (aquela voz zumbida nos bosques que Davenport menciona) sobre a qual suas avós falavam e lhes imitavam. Sei o que a maioria das pessoas pensa de um homem que fala sobre "ouvir vozes" — mas, antes que você tire conclusões, apenas ouça este registro e pergunte a alguns dos idosos da região o que pensam dela. Se você puder explicá-la normalmente, muito bem; mas deve haver algo por trás disso tudo. Ex nihilo nihil fit[2], você sabe.

Agora, meu objetivo em lhe escrever não é dar início a um debate, mas sim fornecer informações que, acredito, um homem com suas inclinações considerará profundamente interessantes. Isto é confidencial. Publicamente, estou do seu lado, pois certos acontecimentos me mostram que não é bom para as pessoas saber muito sobre essas questões. Meus próprios estudos são, agora, completamente sigilosos, e eu não pensaria em dizer nada que chamasse a atenção das pessoas e as levasse a visitar os lugares que explorei. É verdade — terrível verdade — que existem criaturas não humanas nos observando o tempo todo, com espiões entre nós reunindo informações. Foi com um homem miserável — que, se fosse são (como acreditei ser), seria um daqueles espiões — que consegui grande parte de minhas pistas sobre o assunto. Mais tarde, ele se suicidou, mas tenho motivos para pensar que agora existem outros deles.

As criaturas vêm de outro planeta, e são capazes de viver no espaço interestelar e de voar através dele com suas desajeitadas e poderosas asas, que conseguem resistir ao éter mas são precárias demais na orientação para que sejam de grande utilidade em ajudá-las na Terra. Contarei mais sobre isso depois, se você não me considerar, de imediato, como um louco. Elas vêm para cá para recolher metais de minas que descem profundamente sob as colinas, e acredito saber de onde elas vêm. Não vão nos machucar se as

---

2   Expressão em latim que significa "Nada surge do nada". (N. da T.)

deixarmos em paz, mas ninguém pode dizer o que acontecerá se nos tornarmos curiosos demais em relação a elas. É claro que um bom exército de homens poderia acabar com sua colônia de mineração. É isso que elas temem. No entanto, se isso acontecesse, mais espécimes viriam lá de fora – em quantidades incalculáveis. As criaturas poderiam facilmente dominar a terra, mas ainda não foram tão longe porque não foi necessário. Preferem deixar as coisas como estão, para evitar aborrecimentos.

Acredito que elas pretendam livrar-se de mim, por causa do que descobri. Existe uma grande pedra negra, com hieróglifos desconhecidos e um tanto gastos, que encontrei nos bosques em Round Hill, a leste daqui. E, depois que a levei para casa, tudo ficou diferente. Se acharem que suspeitei de coisas demais, vão me matar ou me levar para fora da Terra, para o seu lugar de origem. De vez em quando, elas gostam de levar embora homens eruditos, para manter-se informadas sobre o estado das coisas no mundo humano.

Isso me leva ao meu segundo objetivo em lhe escrever – especificamente para pedir a você que encerre o atual debate, ao invés de lhe dar maior publicidade. As pessoas devem ser mantidas longe dessas colinas, e, para que isso aconteça, sua curiosidade não deve ser mais estimulada. Os céus sabem que, de qualquer modo, existem perigos suficientes, com comerciantes e homens do ramo imobiliário inundando Vermont com bandos de veranistas para infestar os lugares selvagens e cobrir as colinas com bangalôs baratos.

Ficarei contente em continuar a me comunicar com você, e tentarei enviar-lhe aquela gravação fonográfica e a pedra negra (que está tão gasta que as fotografias não revelam muito), por entrega rápida, se for do seu desejo. Digo "tentar" porque acredito que aquelas criaturas têm um modo de manipular as coisas por aqui. Há um sujeito furtivo e emburrado, chamado Brown, em uma fazenda próxima do vilarejo, que creio ser seu espião. Pouco a pouco, elas estão tentando me eliminar deste planeta, pois sei demais sobre o seu mundo.

Elas possuem o jeito mais incrível de descobrir o que faço. Você pode até mesmo nunca receber esta carta. Acho que precisarei deixar esta parte do país e passar a viver com meu filho em San Diego, na Califórnia, se as coisas piorarem, mas não é fácil abandonar o lugar onde você nasceu e onde sua família viveu por seis gerações. Além disso, dificilmente ousaria vender esta casa a qualquer pessoa, agora que as criaturas estão prestando atenção nela. Elas parecem estar tentando recuperar a pedra negra e destruir a gravação fonográfica, mas, se eu puder evitar, não permitirei que isso aconteça. Meus grandes cães policiais sempre as afastam, pois ainda há poucas aqui, e elas se locomovem de modo desajeitado. Como comentei anteriormente, suas asas não são muito úteis para voos curtos na Terra. Estou prestes a decifrar aquela pedra – de uma forma muito terrível –, e, com o seu conhecimento sobre folclore, talvez você seja capaz de fornecer os elos faltantes para me auxiliar. Suponho que saiba tudo sobre os temíveis mitos precedentes à chegada do homem à Terra – os ciclos de Yog-Sothoth e de Cthulhu – que são sugeridos no Necronomicon. Certa vez, tive acesso a uma cópia, e ouvi dizer que você possui uma delas na biblioteca de sua universidade, guardada a sete chaves. Para concluir, sr. Wilmarth, acredito que, com nossos respectivos estudos, podemos ser muito úteis um para o outro. Não desejo colocá-lo sob nenhum perigo, e suponho que devo adverti-lo de que a posse da pedra e da gravação não será muito segura, mas creio que considerará que vale a pena correr os riscos, pelo bem do conhecimento.

> *Irei de carro até Newfane ou Brattleboro para lhe enviar o que você me autorizar, pois as empresas de entrega rápida são mais que confiáveis. Posso dizer que vivo sozinho atualmente, já que não consigo mais manter meus empregados. Eles acabam indo embora, por causa das criaturas, que tentam se aproximar da casa durante a noite e fazem os cães latir incessantemente. Fico feliz por não ter me aprofundado tanto no assunto enquanto minha esposa ainda estava viva, pois isso a teria enlouquecido.*
>
> *Espero não o estar incomodando desnecessariamente, e que você decida entrar em contato comigo em vez de jogar esta carta no cesto de lixo, tratando-a como o delírio de um louco.*
>
> Atenciosamente,
Henry W. Akeley
>
> *P.S.: Estou fazendo algumas cópias extras de certas fotografias tiradas por mim que, acredito, vão ajudar a provar diversos pontos que mencionei aqui. Os mais velhos acham que elas são monstruosamente verdadeiras. Posso enviá-las a você muito em breve, caso esteja interessado.*
>
> H. W. A.

Seria difícil descrever meus sentimentos ao ler esse estranho documento pela primeira vez. Pela lógica comum, eu deveria ter gargalhado mais ruidosamente dessas extravagâncias do que das teorias, muito mais moderadas, que antes já haviam me levado ao riso. Contudo, algo no tom da carta me levou a interpretá-la com uma seriedade contraditória. Não que eu tenha acreditado, nem por um momento, na raça oculta vinda das estrelas que meu correspondente citava; mas porque, depois de algumas sérias dúvidas anteriores, comecei a me sentir estranhamente certo de sua sanidade e sinceridade, e de seu confronto com algum fenômeno genuíno, embora singular e anormal, que ele não conseguia explicar exceto de sua maneira imaginativa. Aquilo não poderia ser como ele pensava, eu refleti, mas, por outro lado, não poderia ser de outro modo senão digno de investigação. O homem aparentava estar indevidamente ansioso e alarmado a respeito de algo, mas era difícil pensar que não existia nenhuma razão. Ele era muito específico e lógico em certos aspectos – e, afinal, sua história se encaixava muito bem, de modo perturbador, com alguns dos velhos mitos –, até mesmo com as mais extravagantes lendas indígenas.

Que ele, de fato, entreouvira vozes perturbadoras nas colinas e encontrara a pedra negra sobre a qual havia comentado era absolutamente possível, apesar de suas conclusões absurdas – conclusões, talvez, insinuadas pelo homem que ele afirmava ser um espião dos seres extraterrenos e que, depois, acabara se matando. Era fácil deduzir que esse homem fosse completamente louco, mas que, provavelmente, possuísse um traço de perversa lógica exterior que fizera com que o ingênuo Akeley – já acostumado a tais questões por seus estudos folclóricos – acreditasse em sua história. Quanto aos desenvolvimentos mais recentes, parecia que, devido à incapacidade de Akeley de manter os empregados, seus vizinhos mais simples e rústicos estavam tão convencidos quanto ele próprio de que sua casa era cercada por coisas misteriosas durante a noite. Os cachorros realmente latiam, também.

E havia, então, a questão sobre a gravação fonográfica, que não pude acreditar que ele obtivera da maneira como relatou. Devia significar algo; fossem ruídos animais ilusoriamente parecidos com a fala humana, fossem a fala de algum ser humano oculto, que perturbava as noites e que havia decaído para um estado não muito acima dos animais inferiores. A partir daí, meus pensamentos se voltaram para a pedra negra coberta de hieróglifos e para as especulações sobre o que ela poderia significar. E quanto às fotografias que Akeley dissera estar prestes a enviar e que os mais velhos achavam convincentemente terríveis?

Enquanto relia o manuscrito em caligrafia comprimida, senti, como nunca antes, que meus crédulos oponentes talvez tivessem mais a seu favor do que eu havia reconhecido. Afinal de contas, pode ser que existissem alguns seres marginais incomuns, e talvez hereditariamente disformes, naquelas desprezadas colinas, mesmo que não fossem de nenhuma raça de monstros nascidos das estrelas, como o folclore alegava. E, se existissem, então a presença de corpos estranhos nos riachos transbordantes não seria totalmente inacreditável. Seria muito presunçoso supor que tanto as lendas antigas como os relatos recentes possuíssem uma parcela de realidade por detrás de si? Mas, mesmo enquanto nutria essas dúvidas, senti-me envergonhado pelo fato de que uma obra bizarra tão fantástica como a louca carta de Henry Akeley as tivesse provocado.

Afinal, respondi à carta, adotando um tom de interesse amigável e solicitando mais detalhes. A resposta veio por correio, quase imediatamente, e continha, fiel à promessa de Akeley, uma quantidade de fotografias, tiradas com uma Kodak, de cenas e objetos que ilustravam o que ele tinha a contar. Ao olhar para as imagens enquanto as tirava do envelope, senti uma curiosa sensação de medo e proximidade de coisas proibidas; pois, apesar da imprecisão da maioria, elas possuíam um poder abominavelmente sugestivo, intensificado pelo fato de se tratar de fotografias genuínas – verdadeiros elos ópticos com o que retratavam, e produtos de um processo transmissor impessoal destituído de preconceito, falhas ou desonestidade.

Quanto mais olhava para elas, mais eu percebia que minhas sérias avaliações sobre Akeley e sua história não haviam sido infundadas. Certamente, essas imagens carregavam evidências conclusivas de algo existente nas colinas de Vermont que estava, no mínimo, amplamente fora do alcance de nossos conhecimentos e crenças comuns. A pior de todas era a fotografia de uma pegada – capturada onde o sol brilhava sobre uma área enlameada em algum planalto deserto. Percebi de imediato que não se tratava de alguma falsificação barata, pois os pedregulhos e as folhas do gramado, nitidamente definidos no campo de visão, determinavam a escala de modo evidente e não deixavam margem para uma enganosa dupla exposição. Chamei o rastro de "pegada", mas "marca de garra" seria um termo melhor. Mesmo agora, mal consigo descrevê-la, mas posso dizer que era hediondamente parecida com um caranguejo e que parecia haver alguma ambiguidade em relação à sua direção. Não era uma impressão muito profunda nem recente, mas parecia ter mais ou menos o tamanho do pé de um homem comum. De uma base central, projetavam-se para lados opostos alguns pares de pinças, dentadas como serras e bastante confusas quanto à sua função – se é que todo o objeto fosse, exclusivamente, um órgão de locomoção.

Outra fotografia – claramente, uma longa exposição tirada na sombra profunda – mostrava a entrada da caverna de um bosque, com uma rocha regularmente arredondada que bloqueava sua abertura. No solo descoberto em frente a ela, podia-se notar uma densa rede de curiosas trilhas, e, quando estudei a figura com uma lente de aumento, senti-me desconfortavelmente certo de que os rastros eram como aqueles da outra imagem. Uma terceira foto revelou um círculo de pedras eretas, como aqueles dos druidas, no topo de uma colina selvagem. Ao redor do círculo enigmático, a grama estava bastante batida e desgastada, embora eu não pudesse identificar nenhuma pegada, nem mesmo com uma lupa. O extremo isolamento do local era evidente, por causa do verdadeiro mar de montanhas desabitadas que compunha o plano de fundo, estendendo-se para além, em direção a um nebuloso horizonte.

No entanto, se a mais perturbadora das cenas era aquela da pegada, a mais curiosamente sugestiva era aquela da grande pedra negra encontrada nos bosques de Round Hill. Akeley a tinha fotografado no que era, evidentemente, a mesa de seu escritório, pois pude ver fileiras de livros e um busto de Milton no fundo da imagem. A coisa, como quase se poderia supor, estava virada verticalmente para a câmera, com a superfície um tanto encurvada, de modo irregular, com área de 30 por 60 centímetros; porém, dizer qualquer coisa definitiva sobre sua superfície, ou sobre a forma geral de toda a massa, quase desafia o poder da linguagem. Quais princípios geométricos bizarros tinham guiado sua lapidação – pois, sem dúvida, fora cortada artificialmente – eu não podia nem começar a adivinhar; e nunca antes eu tinha visto qualquer coisa que me impactasse de modo tão estranho e inconfundivelmente alheio a este mundo. Dos hieróglifos em sua face pude distinguir muito pouco, mas um ou dois dos que vi me deixaram bastante em choque. É claro que poderiam ser falsos, pois outros, além de mim, haviam lido o monstruoso e abominável *Necronomicon*, do árabe louco Abdul Alhazred; contudo, estes me fizeram estremecer, quando reconheci certos ideogramas que o estudo me ensinara a conectar com os mais horripilantes e blasfemos sussurros de coisas que haviam possuído um tipo de semiexistência quase insana, antes que a terra e os outros mundos pertencentes ao sistema solar fossem criados.

Das cinco imagens remanescentes, três eram de cenas do pântano e da colina, as quais pareciam conter traços de um assentamento oculto e nocivo. Outra era de uma estranha marca no solo, muito próxima da casa de Akeley, que ele disse ter fotografado na manhã seguinte a uma noite em que os cachorros latiram mais furiosamente que o normal. Estava muito desfocada, e não era possível tirar nenhuma conclusão certeira; mas, de fato, assemelhava-se diabolicamente a outra pegada ou marca de garra fotografada no planalto deserto. A última fotografia era da própria casa de Akeley; uma casa branca, em bom estado, de dois andares e um sótão, com cerca de 125 anos de idade, um gramado bem cuidado e um caminho ladeado por pedras, que conduzia a um portal de entrada georgiano entalhado com bom gosto. Havia vários cães policiais enormes agachados junto a um homem de rosto agradável, de barba grisalha curta, que acreditei ser Akeley – fotógrafo de si mesmo, como era de supor, por causa do disparador ligado a um conector em sua mão direita.

Depois das imagens, voltei-me para a carta volumosa, escrita em letras miúdas; e, pelas três horas seguintes, fiquei imerso em um abismo de terror indescritível. Onde Akeley havia antes fornecido apenas linhas gerais, ele agora introduzia mínimos detalhes. Apresentava longas transcrições de palavras ouvidas nos bosques durante a noite; relatos extensos de formas monstruosas rosadas, vislumbradas em moitas sob o pôr do sol, nas colinas; e uma terrível narrativa cósmica, derivada da aplicação de estudos profundos e diversos aos intermináveis discursos passados do louco autointitulado espião que havia se matado. Encontrei-me diante de nomes e termos que ouvira em outros lugares, nas mais horríveis conexões – Yuggoth, o Grande Cthulhu, Tsathoggua, Yog-Sothoth, R'lyeh, Nyarlathotep, Azathoth, Hastur, Yian, Leng, o lago de Hali, Bethmoora, o Símbolo Amarelo, L'mur-Kathulos, Bran e o Magnum Innominandum –, e fui arrastado, através de inomináveis éons e dimensões inconcebíveis, a mundos de antigas entidades extraterrenas que o louco autor do *Necronomicon* havia sugerido da mais vaga maneira. Aprendi sobre os fossos da vida primitiva, e sobre os riachos que escoavam dali; e finalmente, sobre os pequeninos córregos de um desses riachos, que havia se enredado com os destinos na nossa própria terra.

Meu cérebro girava; e, onde antes havia tentado explicar as coisas, eu agora começava a acreditar nos mais anormais e incríveis assombros. A gama de evidências vitais era terrivelmente enorme e esmagadora. E a postura científica, fria, de Akeley – uma atitude longe de vir, até onde se podia imaginar, dos desvairados, dos fanáticos, dos histéricos e até mesmo dos extravagantemente especulativos – teve um efeito tremendo nos meus pensamentos e no meu discernimento. No momento em que coloquei de lado a assustadora carta, pude entender os medos que aquele homem tivera de alimentar, e estava pronto para fazer qualquer coisa em meu poder para manter as pessoas afastadas daquelas colinas selvagens e mal-assombradas. Mesmo agora, quando o tempo havia atenuado a impressão e me feito quase questionar minha própria experiência e horríveis dúvidas, há coisas naquela carta de Akeley que eu jamais citaria, nem mesmo transformaria em palavras no papel. Estou quase contente de que aquela correspondência, a gravação e as fotografias tenham desaparecido – e desejo, por razões que logo deverei esclarecer, que o novo planeta além de Netuno não tivesse sido descoberto.

Com a leitura daquele manuscrito, meu debate público sobre o horror de Vermont encerrou-se permanentemente. Argumentações de oponentes permaneceram sem resposta ou foram adiados com promessas, e, por fim, a controvérsia caiu no esquecimento. Ao longo do fim de maio e de junho, troquei constante correspondência com Akeley – embora, de vez em quando, uma carta se perdesse, de modo que precisávamos retomar nosso caminho e realizar consideráveis cópias trabalhosas. O que tentávamos fazer, no todo, era comparar as anotações sobre estudos mitológicos obscuros e alcançar uma correlação mais clara entre os horrores de Vermont e o corpo geral de lendas do mundo primitivo.

Em primeiro lugar, nós praticamente decidimos que essas criaturas mórbidas e os infernais Mi-Go do Himalaia eram exatamente da mesma ordem de pesadelos encarnados. Havia também hipóteses zoológicas interessantes, sobre as quais eu teria consultado o professor Dexter, na minha própria universidade, não fosse a ordem imperativa de Akeley de não falar a ninguém sobre o assunto que discutíamos. Se agora aparento desobedecer a tal ordem, é apenas porque acredito que, a esta altura, um alerta sobre as colinas mais distantes de Vermont – e sobre os picos do Himalaia que corajosos exploradores estão cada vez mais determinados a escalar – é mais útil para a segurança pública que o silêncio. Uma tarefa específica que tentávamos empreender era a decodificação dos hieróglifos naquela infame pedra negra – uma decodificação que poderia nos colocar em posse de segredos mais profundos e perturbadores que qualquer outro então conhecido pelo homem.

Capítulo 3

No fim de junho, a gravação fonográfica chegou – enviada de Brattleboro, já que Akeley resistia em confiar nas condições do ramal norte ferroviário de onde morava. Ele havia começado a ter uma grande sensação de estar sendo espionado, agravada pela perda de algumas de nossas cartas, e contava muito sobre os feitos traiçoeiros de certos homens, que ele considerava ser instrumentos e agentes dos seres ocultos. Acima de tudo, suspeitava do fazendeiro rabugento chamado Walter Brown, que vivia sozinho em uma encosta arruinada, próxima aos bosques profundos, e que era visto com frequência vagando pelos cantos em Brattleboro, Bellows Falls, Newfane e South Londonderry, da maneira mais inexplicável e aparentemente sem motivo. A voz de Brown, Akeley estava convencido, era uma daquelas que ele entreouvira em certa ocasião, em uma conversa muito terrível; e, uma vez, encontrara uma pegada ou uma marca de garra próximo à casa de Brown, o que poderia ter o mais agourento significado. Estava curiosamente perto de algumas das pegadas de Brown – pegadas que se encontravam viradas em direção àquelas marcas.

Assim, a gravação fora enviada de Brattleboro, para onde

Akeley dirigiu, em seu carro Ford, pelas isoladas estradas secundárias de Vermont. Ele confessou, em um bilhete anexo, que estava começando a temer aqueles trajetos, e que agora nem mesmo ia até Townshend para comprar suprimentos, exceto em plena luz do dia. Não valia a pena, ele tornava a repetir, saber demais – a menos que se estivesse muito distante daquelas colinas silenciosas e problemáticas. Iria para a Califórnia muito em breve, para viver com seu filho, embora fosse difícil deixar o lugar onde se concentravam todas as suas memórias e seus sentimentos ancestrais.

Antes de ouvir a gravação, na máquina comercial que peguei emprestada do prédio administrativo da faculdade, examinei cuidadosamente todas as explicações nas diversas cartas de Akeley. Essa gravação, ele tinha dito, fora captada por volta de 1 da manhã, em 1º de maio de 1915, perto da entrada bloqueada de uma caverna, onde a encosta florestada, a oeste da Montanha Negra, elevava-se no pântano de Lee. O lugar sempre fora incomumente atormentado por vozes estranhas, sendo essa a razão pela qual ele levou consigo o fonógrafo, o ditafone e o disco virgem, na expectativa de resultados. Uma experiência anterior havia lhe garantido que a noite da véspera de 1º de maio – a hedionda noite do Sabá das secretas lendas europeias – seria, provavelmente, mais favorável que qualquer outra data, e ele não se decepcionou. Era digno de nota, porém, que Akeley nunca mais voltou a ouvir vozes naquele local específico.

Ao contrário da maior parte das vozes ouvidas na floresta, o conteúdo da gravação era quase ritualístico, e incluía uma voz nitidamente humana, que Akeley nunca fora capaz de identificar. Não era de Brown, mas parecia ser de um homem de maior refinamento. A segunda voz, no entanto, era o verdadeiro cerne da questão – pois era o zumbido amaldiçoado que não possuía nenhuma semelhança com a humanidade, apesar das palavras humanas que pronunciava, com uma boa gramática inglesa e um sotaque acadêmico.

O fonógrafo e o ditafone não haviam funcionado uniformemente bem e estavam, é claro, em grande desvantagem, devido à natureza distante e abafada do ritual entreouvido, de modo que a fala efetiva que fora captada era bastante fragmentada. Akeley havia me fornecido uma transcrição do que ele acreditava que as palavras pronunciadas significavam, e dei uma olhada no material enquanto preparava a máquina para funcionar. O texto era mais sombriamente misterioso que abertamente terrível, embora o conhecimento de sua origem e a forma como fora captado lhe conferissem todo o horror associativo que palavra nenhuma poderia transmitir. Apresentarei aqui o texto na íntegra, como me lembro, e estou razoavelmente confiante de que sei tudo de cor, não apenas por ter lido a transcrição, mas também por ter tocado a gravação repetidas vezes. Não é algo que se possa esquecer facilmente!

(Sons indistinguíveis)

(Voz humana masculina)

...é o Senhor da Floresta, mesmo para...
e as dádivas dos homens de Leng...

assim, dos poços da noite para os abismos do espaço, e dos abismos do espaço para os poços da noite, sempre os louvores do Grande Cthulhu, de Tsathoggua, e Daquele que Não Deve Ser Chamado. Sempre Seus louvores e abundância à Cabra Negra da Floresta. Ia! Shub-Niggurath! A Cabra com Mil Filhotes!

(Uma imitação em zumbido da fala humana)

Ia! Shub-Niggurath! A Cabra Negra da Floresta com Mil Filhotes!

(Voz humana)

E aconteceu que o Senhor da Floresta, sendo... sete e nove, descendo os degraus de ônix... (tri)butos para Ele no Golfo, Azathoth, Ele de Quem Tu nos ensinaste marav(ilhas)... nas asas da noite além do espaço, além d... para Aquele, por meio do qual Yuggoth é o filho mais novo, rodopiando sozinho no éter negro nas margens...

(Voz em zumbido)

...saia entre os homens e descubra os caminhos, que Ele no Golfo possa conhecer. Para Nyarlathotep, Poderoso Mensageiro, tudo deve ser reportado. E Ele colocará na aparência dos homens a máscara de cera e o manto que esconde, e descerá do mundo dos Sete Sóis para zombar...

(Voz humana)

(Nyarl)athotep, Poderoso Mensageiro, portador de estranha alegria para Yuggoth através do vazio, Pai dos Milhões de Favorecidos, Perseguidor entre...

(Fala interrompida pelo fim da gravação)

Tais foram as palavras que escutei ao ligar o fonógrafo. Foi com um traço de genuíno temor e relutância que pressionei a alavanca e ouvi o arranhar preliminar da agulha de safira; e fiquei contente de que as primeiras palavras, fracas e fragmentárias, foram pronunciadas por uma voz humana – uma voz suave e educada, que aparentava vagamente ter o sotaque de Boston, e a qual, certamente, não pertencia a nenhum nativo das colinas de Vermont. Enquanto ouvia a gravação atormentadamente fraca, achei que o discurso era idêntico à transcrição preparada com cuidado por Akeley. Nele, cantou com aquela suave voz bostoniana:

> "Ia! Shub-Niggurath! A Cabra com
> os Mil Filhotes!...".

E, então, ouvi a outra voz. Até hoje estremeço em retrospecto quando penso em como aquilo me impressionou, embora estivesse preparado pelos relatos de Akeley. Aqueles a quem, desde então, descrevi a gravação declararam não encontrar nada além de impostura barata ou loucura; mas, se tivessem ouvido a própria coisa maldita, ou lido a maior parte da correspondência de Akeley (especialmente aquela terrível e enciclopédica segunda carta), sei que pensariam diferente. É, afinal, uma tremenda infelicidade que eu não tenha desobedecido a Akeley e tocado a gravação para outras pessoas – uma tremenda infelicidade, também, que todas as suas cartas tenham se perdido. Para mim, com minha impressão de primeira mão sobre os sons verdadeiros, e com meu conhecimento sobre o contexto e as circunstâncias envolvidas, a voz era algo monstruoso. Ela rapidamente seguia a voz humana, em uma resposta ritualística, mas, na minha imaginação, tratava-se de um eco mórbido improvisando seu caminho através de inimagináveis abismos de inimagináveis infernos extraterrenos. Agora, já se passaram mais de dois anos desde a última vez que fugi daquele blasfemo cilindro encerado; mas, neste exato momento, e em todos os outros, ainda posso ouvir aquele zumbido fraco e diabólico, como quando me atingiu pela primeira vez.

> "Ia! Shub-Niggurath! A Cabra Negra
> da Floresta com os Mil Filhotes!"

No entanto, embora a voz esteja sempre em meus ouvidos, ainda não fui nem mesmo capaz de analisá-la bem o suficiente para elaborar uma descrição gráfica. Era como o zumbido de algum inseto repugnante e gigantesco, detalhadamente moldado na fala articulada de uma espécie estranha, e estou perfeitamente seguro de que os órgãos que a produziam não podem ter nenhuma semelhança com os órgãos vocais do homem, ou, na verdade, a aqueles de qualquer mamífero. Havia particularidades no timbre, no alcance e nos sobretons que posicionavam esse fenômeno completamente fora da esfera da humanidade e da vida terrestre. Sua introdução repentina, naquela primeira vez, quase me atordoou, e ouvi o restante da gravação através de uma espécie de torpor abstrato. Quando ouvi a passagem mais longa do zumbido, houve uma intensificação expressiva daquela sensação de infinitude blasfema que me impressionara durante o trecho mais curto e anterior. Por fim, a gravação se encerrou de modo repentino, durante uma fala excepcionalmente clara da voz humana e bostoniana; no entanto, fiquei sentado de modo estúpido, com os olhos arregalados, muito tempo depois de a máquina ter parado automaticamente.

Nem preciso dizer que ouvi aquela chocante gravação muitas outras vezes, e que fiz exaustivas tentativas de análise e de comentários ao comparar minhas anotações com as de Akeley. Seria tanto inútil como perturbador repetir aqui tudo o que concluímos; mas posso sugerir que ambos acreditávamos ter garantido uma pista para a fonte de algumas das mais repulsivas tradições primordiais de antigas religiões enigmáticas da humanidade. Parecia óbvio para nós, também, que existiam velhas alianças firmadas entre as ocultas criaturas extraterrenas e certos membros da raça humana. Quão profundas eram essas alianças, e como suas condições atuais podiam se comparar com aquelas das eras anteriores, não tínhamos como adivinhar; entretanto, havia espaço, no mínimo, para uma quantidade ilimitada de especulações horrorizadas. Parecia haver uma ligação horrível e imemorial em diversos estágios definidos entre o homem e a infinidade inominável. As blasfêmias que apareceram na terra, como pareciam sugerir, teriam vindo do obscuro planeta Yuggoth, nas margens do sistema solar; mas este seria apenas o populoso posto avançado de uma assustadora raça interestelar, cuja principal origem deve estar muito além até mesmo do contínuo espaço-tempo einsteiniano ou dos maiores cosmos conhecidos.

Enquanto isso, continuamos a discutir sobre a pedra negra e a melhor maneira de trazê-la para Arkham – Akeley havia desaconselhado que eu o visitasse no cenário de seus estudos dignos de pesadelos. Por algum motivo, ele estava com medo de confiar o objeto a alguma rota de transporte comum ou padrão. Sua ideia final foi levá-la através da região até Bellows Falls e despachá-la pelo sistema de Boston e Maine, por Keene, Winchendon e Fitchburg, muito embora isso o obrigasse a dirigir por estradas de certa forma mais solitárias e que atravessavam mais florestas nas colinas do que a rodovia principal para Brattleboro. Ele contou que, próximo ao escritório de entregas rápidas em Brattleboro, quando enviara a gravação fonográfica, havia notado um homem cujas ações e expressões estavam longe de ser confiáveis. Esse homem parecia ansioso em falar com os atendentes e pegar o trem no qual o disco fora despachado. Akeley confessou que não se sentiu tranquilo até saber que eu havia recebido a gravação com segurança.

Nessa época – a segunda semana de julho –, outra carta minha foi extraviada, como fiquei sabendo por meio de uma ansiosa mensagem de Akeley. Depois disso, ele pediu que eu não lhe escrevesse mais em Townshend, mas que enviasse todas as cartas aos cuidados da posta-restante em Brattleboro, aonde ele fazia frequentes viagens, tanto em seu carro como na linha de ônibus que recentemente substituíra o serviço de passageiros no defasado ramal ferroviário. Pude ver que ele ficava mais e mais ansioso, pois havia entrado em muitos detalhes sobre o aumento dos latidos dos cachorros, nas noites em que não havia lua, e sobre as marcas de garras frescas que às vezes encontrava na estrada e na lama atrás do curral, quando amanhecia. Certa vez, contou sobre um verdadeiro exército de pegadas, que formavam uma fileira. Esta se se encontrava com outra, igualmente espessa e determinada, deixada pelos cachorros, e ele enviou uma foto abominavelmente perturbadora, registrada com a Kodak, para comprovar o fato. Isso foi depois de uma noite em que os cães tinham se excedido com os latidos e os uivos.

Na manhã de 18 de julho, uma quarta-feira, recebi um telegrama de Bellows Falls, no qual Akeley dizia que estava enviando a pedra negra pela Ferrovia Boston & Maine, no trem de número 5508, que deixaria Bellows Falls às 12h15, horário padrão do leste, com chegada programada na Estação Norte em Boston, às 16h12. Calculei que o pacote deveria chegar a Arkham ao menos próximo das 12 horas do dia seguinte; e, portanto, fiquei em casa durante toda a manhã de quinta-feira para recebê-lo. No entanto, o meio-dia veio e se foi, sem a sua chegada, ,e quando telefonei para o escritório de entregas rápidas, fui informado de que não havia nenhuma entrega para mim. Minha ação imediata, realizada em meio a um alarme crescente, foi fazer uma ligação de longa distância para os responsáveis pelas entregas rápidas na Estação Norte de Boston; e quase não fiquei surpreso ao descobrir que minha remessa não tinha aparecido. O trem 5508 havia chegado apenas 35 minutos atrasado no dia anterior, mas não trouxera nenhuma caixa endereçada a mim. O agente prometeu, de qualquer forma, estabelecer uma investigação; e terminei o dia enviando a Akeley um telegrama noturno resumindo a situação.

Com uma presteza louvável, na tarde seguinte um relatório chegou do escritório de Boston, e o agente me telefonou assim que soube dos fatos. Ao que parece, o funcionário responsável pelas entregas rápidas da ferrovia no trem de número 5508 tinha conseguido se lembrar de um incidente que poderia ser muito relevante em relação à minha perda – uma discussão com um homem de voz muito curiosa, magro, de cabelo louro escuro e aparência rústica, quando o trem aguardava em Keene, New Hampshire, logo depois das 13 horas, horário padrão do leste. O homem, ele contou, estava consideravelmente ansioso por uma pesada caixa que dizia esperar, mas que nem estava no trem, nem constava nos livros da companhia. Ele dissera se chamar Stanley Adams, e possuía uma voz estranhamente grossa e monótona, que deixou o atendente tonto e sonolento, de maneira anormal, ao ouvi-lo. O funcionário não conseguia se lembrar muito bem de como a conversa havia terminado, mas se recordava de ter começado a despertar por completo quando o trem passou a se mover. O agente de Boston acrescentou que o atendente era um jovem inquestionavelmente verdadeiro e confiável, de antecedentes conhecidos, e trabalhava na companhia havia já muito tempo.

Naquela noite, fui até Boston entrevistar o funcionário em pessoa, ao obter seu nome e endereço com o escritório. Tratava-se de um sujeito franco e agradável, mas vi que não poderia acrescentar nada a seu relato original. Estranhamente, estava pouquíssimo seguro de poder até mesmo reconhecer o estranho homem outra vez. Percebendo que ele não tinha mais nada a contar, retornei para Arkham e fiquei acordado até a manhã, escrevendo cartas para Akeley, para o escritório de entregas rápidas, para o departamento policial e para o agente da estação em Keene. Senti que aquele sujeito de voz curiosa, que afetara o atendente de modo tão estranho, devia ter um papel essencial naquele negócio agourento. E desejei que os funcionários da estação de Keene e os registros do telégrafo pudessem revelar algo sobre ele e sobre como, quando e onde fizera seus questionamentos.

Devo admitir, contudo, que minhas investigações não tiveram nenhum resultado. O homem de voz estranha fora, de fato, notado nos arredores da estação de Keene, no início da tarde de 18 de julho, e um indivíduo vadio parecia conectá-lo vagamente à imagem de uma pesada caixa; no entanto, era completamente desconhecido e não tinha sido visto antes ou desde então. Ele não tinha visitado o escritório telégrafo nem recebido nenhuma mensagem, até onde se podia saber. Nem mesmo havia chegado um telegrama, endereçado a nenhuma pessoa, que pudesse ser considerado como um aviso sobre a presença da pedra negra no trem 5508. Naturalmente, Akeley juntou-se a mim na condução desses inquéritos, e chegou a fazer, pessoalmente, uma viagem a Keene, para questionar as pessoas nos entornos da estação; mas sua postura em relação ao assunto era mais fatalista que a minha. Ele parecia considerar a perda da caixa uma agourenta e ameaçadora concretização de tendências inevitáveis, e não tinha mais esperanças reais de recuperá-la. Falou dos incontestáveis poderes telepáticos e hipnóticos das criaturas da colina e de seus agentes, e, em uma das cartas, sugeriu que acreditava que a pedra não estivesse mais nesse planeta.

Quanto a mim, estava devidamente enfurecido, pois sentia que havia ao menos uma chance de descobrir coisas profundas e surpreendentes sobre os antigos e confusos hieróglifos. A questão teria doído amargamente em minha alma, se as cartas subsequentes de Akeley não tivessem trazido à tona uma nova fase de todo o horrível problema da colina que, imediatamente, captou minha atenção.

Capítulo 4

As coisas desconhecidas, escreveu Akeley em um texto redigido de modo lamentavelmente trêmulo, começaram a se aproximar dele com um novo grau de determinação. Os latidos noturnos dos cachorros, sempre que a luz da lua estava fraca ou ausente, eram horríveis agora, e houve tentativas de atacá-lo nas estradas isoladas que precisava atravessar durante o dia. Em 2 de agosto, enquanto ia para o vilarejo em seu carro, encontrou um tronco de árvore derrubado no meio do caminho, num ponto em que a rodovia passava por um profundo trecho dos bosques; os selvagens latidos dos dois enormes cães que levava consigo anunciavam que coisas deviam estar à espreita. O que teria acontecido se os cachorros não estivessem ali ele não se atrevia a imaginar – no entanto, nunca mais saiu sem, pelo menos, dois integrantes de sua fiel e poderosa matilha. Outras experiências na estrada aconteceram nos dias 5 e 6 de agosto; em uma ocasião, um tiro atingiu de raspão o seu carro e, em outra, os latidos indicavam presenças profanas nos bosques.

No dia 15 de agosto, recebi uma carta exaltada, que me perturbou imensamente e me fez desejar que Akeley deixasse de lado sua resistência solitária e pedisse a ajuda da lei. Houve acontecimentos assustadores na madrugada de 12 para 13 de agosto, com balas disparadas do lado de fora da casa da fazenda, e três dos 12 grandes cachorros foram encontrados mortos a tiros, pela manhã. Havia incontáveis marcas de garras na estrada, e pegadas humanas de Walter Brown entre elas. Akeley começara a telefonar para Brattleboro para conseguir mais cães, mas a ligação tinha caído antes que ele pudesse dizer muito. Mais tarde, foi a Brattleboro de carro e descobriu que os técnicos de telefonia encontraram o cabo principal habilmente cortado, na altura em que passava pelas colinas desertas, ao norte de Newfane. No entanto, Akeley estava prestes a voltar para casa com quatro excelentes novos cães e diversas caixas de munição para o seu rifle de repetição de grande porte. A carta tinha sido escrita no correio em Brattleboro e chegou até mim sem demora.

Minha atitude em relação ao assunto, a essa altura, estava rapidamente passando de científica para pessoal, de modo alarmante.

SUSSURROS NAS TREVAS

Eu temia por Akeley, em sua remota e isolada fazenda, e quase temia por mim mesmo, por causa da minha atual conexão definitiva com o estranho caso da colina. A coisa estava se aproximando. Iria ela me sugar e me engolir? Ao responder à carta de Akeley, encorajei-o a buscar ajuda e insinuei que poderia tomar uma atitude se ele não o fizesse. Falei sobre visitar Vermont em pessoa, apesar de seus desejos, e sobre ajudá-lo a explicar a situação às autoridades competentes. Em resposta, porém, recebi apenas um telegrama de Bellows Falls, que assim dizia:

AGRADEÇO SUA POSIÇÃO MAS NADA POSSO FAZER NÃO TOME NENHUMA ATITUDE POIS PODERIA NOS PREJUDICAR AGUARDE POR EXPLICAÇÕES

HENRY AKELY

Mas a questão continuava a se aprofundar. Depois de responder a essa mensagem, recebi um bilhete trêmulo de Akeley, com as surpreendentes notícias de que ele não apenas jamais havia me enviado o telegrama como também não havia recebido minha carta, ao qual era uma óbvia resposta. Uma investigação apressada, feita por ele em Bellows Falls, revelou que a mensagem fora enviada por um homem estranho, de cabelo louro escuro, com uma curiosa voz grossa e monótona, embora não fosse possível saber nada além disso. O atendente mostrou-lhe o texto original, rabiscado a lápis pelo remetente, mas a caligrafia era completamente desconhecida. Podia-se notar que a assinatura tinha sido escrita de modo errado – A-K-E-L-Y, sem o segundo "E". Certas conjecturas eram inevitáveis, mas, em meio à óbvia crise, ele não parou para elaborá-las.

Ele falou sobre a morte de mais cães e sobre a compra de outros ainda, e sobre a troca de tiros que havia se tornado um elemento recorrente em cada noite sem lua. As pegadas de Brown e as de pelo menos uma ou duas outras figuras humanas calçadas eram, agora, encontradas regularmente entre as marcas de garras na estrada e nos fundos do curral. Tratava-se, admitiu Akeley, de algo muito grave; e em breve, provavelmente, ele partiria para viver com seu filho na Califórnia, conseguisse ou não vender a velha casa. Mas não era fácil deixar o único lugar em que podia pensar como seu lar. Precisava tentar aguentar mais um pouco; talvez pudesse afugentar os invasores – sobretudo se desistisse abertamente de qualquer outra tentativa em penetrar seus segredos.

Escrevendo a Akeley imediatamente, renovei minhas ofertas de ajuda e falei, mais uma vez, sobre visitá-lo e ajudá-lo a convencer as autoridades do terrível perigo. Em sua resposta, ele parecia menos determinado a ir contra ests plano do que sua atitude anterior me levaria a prever, mas disse que gostaria de esperar um pouco mais – o suficiente para colocar suas coisas em ordem e se conformar com a ideia de deixar seu local de nascimento, quase assustadoramente estimado. As pessoas olhavam com desconfiança para seus estudos e suas especulações, e seria melhor sair dali discretamente, sem causar um tumulto na região nem criar dúvidas generalizadas sobre sua própria sanidade. Ele estava farto, admitia, mas queria ir embora com dignidade, se pudesse.

Essa carta chegou para mim no dia 28 de agosto, e preparei e enviei a resposta mais encorajadora que pude. Aparentemente, o incentivo havia funcionado, pois Akeley tinha menos terrores para relatar quando recebeu meu bilhete. Não estava muito otimista, porém, e dizia acreditar que era apenas a lua cheia que estava afastando as criaturas. Esperava que não houvesse muitas noites densamente nubladas, e falava vagamente em embarcar para Brattleboro, quando a lua minguasse. Novamente escrevi a ele de maneira encorajadora, mas, em 5 de setembro, chegou uma nova correspondência, que obviamente havia cruzado com a minha carta nos correios; e a esta não pude oferecer nenhuma resposta esperançosa. Tendo em vista sua importância, acredito que devo apresentá-la na íntegra – da melhor forma com que consigo me lembrar daquela caligrafia trêmula. Segue, substancialmente, o que estava escrito:

Segunda-feira

Caro Wilmarth

Um. P. S. bastante desencorajador da minha última carta. A noite passada estava densamente nublada – embora não chovesse –, e nem um pouco do luar passava pelas nuvens. As coisas estavam muito ruins, e acho que o fim está se aproximando, a despeito de tudo o que desejamos. Depois da meia-noite, alguma coisa pousou no telhado da casa, e todos os cachorros correram para ver o que era. Eu podia ouvi-los esbravejando e correndo, e, então, um deles conseguiu subir no teto, saltando do beiral mais baixo. Houve uma briga terrível lá em cima, e ouvi um zumbido assustador, do qual nunca me esquecerei. E, então, surgiu um cheiro horrível. Mais ou menos na mesma hora em que balas atravessaram a janela e quase me acertaram. Acho que a formação principal das criaturas da colina tinha se aproximado da casa quando os cachorros se dividiram, por causa da situação no telhado. O que acontecia ali ainda não sei, mas temo que as criaturas estejam aprendendo a voar melhor com suas asas espaciais. Apaguei as luzes e usei os vãos das janelas para atirar no entorno da casa, com a mira do rifle apontada para cima, de modo suficiente a não atingir os cachorros. Aquilo pareceu acabar com a situação, mas,

> *pela manhã, encontrei grandes poças de sangue no curral, além de poças de uma substância verde e viscosa, que possuía o pior odor que eu já havia sentido na vida. Subi no telhado, e ali encontrei mais daquela coisa grudenta. Cinco cachorros tinham sido mortos – temo ter atingido eu mesmo um deles, ao mirar baixo demais, pois fora baleado nas costas. Agora estou arrumando as vidraças que os tiros destruíram e vou a Brattleboro buscar mais cães. Acho que os homens nos canis pensam que sou louco. Enviarei outro bilhete mais tarde. Suponho que estarei pronto para me mudar em uma semana ou duas, embora pensar nisso quase me mate.*
>
> *– Akeley*

No entanto, essa não foi a única carta de Akeley a cruzar com a minha. Na manhã seguinte – 6 de setembro –, ainda outra chegou; dessa vez, um garrancho frenético, que me deixou completamente alarmado, sem saber o que dizer ou como proceder em seguida. Mais uma vez, não há nada melhor a fazer a não ser transcrever o texto da maneira mais fiel que minha memória permite.

> *Terça-feira*
>
> *As nuvens não se dissiparam, então nada de lua, mais uma vez – de qualquer maneira, começando a minguar. Eu teria mandado instalar energia elétrica na casa, bem como lanternas, se não soubesse que eles cortariam os cabos tão rápido quanto poderiam ser consertados.*
>
> *Acho que estou ficando louco. Pode ser que tudo o que já*

escrevi para você seja um sonho ou loucura. Antes, já era ruim o suficiente, mas desta vez é demais. Eles falaram comigo na noite passada – falaram com aquela voz amaldiçoada como um zumbido, e me disseram coisas que não ouso repetir. Ouvi-os claramente, sobre o latido dos cachorros, e, uma vez que seus ruídos foram abafados, uma voz humana os ajudou. Fique fora disso, Wilmarth – é pior do que você ou eu jamais suspeitamos. Eles não vão me deixar ir para a Califórnia agora – querem me levar daqui vivo, ou ao que teórica e mentalmente equivale a estar vivo –, não apenas a Yuggoth, mas para muito além – para fora da galáxia e possivelmente para além da última curva da borda do espaço.
Disse que não iria para onde eles queriam, ou da maneira terrível que propuseram me levar, mas temo que de nada adiantará. Vivo em um lugar tão distante que, muito em breve, eles poderão vir durante o dia, e não só à noite. Mais seis cães foram mortos, e senti presenças por todas as áreas florestadas da estrada quando dirigi até Brattleboro, hoje. Cometi um erro ao tentar lhe enviar o registro fonográfico e a pedra negra. É melhor destruir a gravação, antes que seja tarde demais. Enviarei a você outro bilhete, amanhã, se ainda estiver aqui. Gostaria de poder mandar meus livros e minhas coisas para Brattleboro e embarcar dali. Fugiria sem levar nada, se pudesse, mas algo em minha mente me impede. Posso partir para Brattleboro, onde acredito que estaria seguro, mas, ali, sinto-me um prisioneiro tanto quanto nesta casa. E acho que não chegaria muito longe, mesmo se largasse tudo e tentasse. É horrível – não se envolva nisso.

Atenciosamente – Akeley

Não dormi durante toda a noite depois de receber essa carta terrível, e estava completamente perplexo quanto ao grau de sanidade restante de Akeley. O conteúdo do bilhete era absolutamente insano, embora o modo de se expressar – em vista de tudo o que tinha ocorrido antes – possuísse uma qualidade sombriamente potente de convencimento. Não tentei responder-lhe, pensando que seria melhor esperar até que Akeley, talvez, tivesse tempo de retornar minha última correspondência. Tal resposta, de fato, chegou no dia seguinte, embora seu novo conteúdo ofuscasse de modo considerável qualquer um dos tópicos mencionados na carta teoricamente respondida. Eis o que me lembro do texto, rabiscado e borrado como estava no processo de uma composição evidentemente frenética e apressada.

Quarta-feira

W,

Sua carta chegou, mas não adianta discutir mais nada. Estou completamente resignado. Pergunto-me até mesmo se tenho força suficiente para lutar contra eles. Não poderia escapar, mesmo se estivesse disposto a abandonar tudo e fugir. Eles vão me pegar.

Recebi uma carta deles ontem – um funcionário do E.G.R. a entregou enquanto eu estava em Brattleboro. Datilografada e com o selo de Bellows Falls. Contam o que pretendem fazer comigo – não posso repetir. Cuide-se também! Destrua a gravação. As noites nubladas continuam, e a lua está minguando. Gostaria de me atrever a buscar ajuda – isso poderia fortalecer minha força de vontade –, mas qualquer um que ousasse vir me chamaria de louco, a menos que houvesse alguma prova. Não poderia pedir que as pessoas viessem sem razão alguma – não tenho contato com ninguém, e tem sido assim há anos.

Mas ainda não lhe contei o pior, Wilmarth. Prepare-se para ler isto, pois o deixará em choque. Estou dizendo a verdade, porém. É isto — eu vi e toquei em uma das criaturas, ou parte de uma delas. Deus, amigo, foi horrível! Estava morta, é claro. Um dos cachorros a havia apanhado, e encontrei-a próximo ao canil, nesta manhã. Tentei guardá-la no depósito de madeira, para convencer as pessoas da coisa toda, mas ela evaporou em algumas horas. Não sobrou nada. Você sabe, todas aquelas coisas nos rios foram vistas apenas na primeira manhã após a enchente. E eis o pior. Tentei fotografá-la para você, mas, quando revelei o filme, não havia nada visível além do depósito. De que a criatura poderia ser feita? Eu a vi e a senti, e todas elas deixam pegadas. Certamente era feita de matéria — mas de que tipo de matéria? Seu formato não pode ser descrito. Era um enorme caranguejo, com diversos anéis carnudos, em forma de pirâmides ou nós de massa espessa e pegajosa, cobertos por antenas onde ficaria a cabeça de um homem. Aquela substância verde e viscosa era seu sangue ou suco. E mais delas devem chegar à Terra, a qualquer minuto.

Walter Brown está desaparecido — não tem sido visto vagando por nenhuma de suas habituais esquinas nos vilarejos vizinhos. Devo tê-lo acertado com um de meus tiros, embora as criaturas sempre pareçam levar seus mortos e feridos para longe.

Cheguei à cidade nesta tarde, sem nenhum problema, mas temo que elas estejam dando uma trégua, porque já estão certas de que vão me pegar. Estou escrevendo isto no correio de Brattleboro. Talvez seja uma despedida — caso positivo, escreva para meu filho, George Goodenough Akeley, na rua Pleasant, número 176, em San Diego, Califórnia, mas não venha para cá. Escreva para o garoto se não tiver notícias minhas em uma semana, e procure por informações nos jornais.

Vou dar minhas duas últimas cartadas agora — se ainda tiver força de vontade. Primeiro, tentarei lançar gás venenoso nas criaturas (tenho os produtos químicos adequados e arranjei máscaras para mim e para os cachorros), e, então, se isso não funcionar, chamarei o xerife. Posso ser trancado em um hospício, se a polícia quiser — seria melhor que o que as outras criaturas fariam comigo. Talvez eu consiga fazer com que os policiais observem as pegadas ao redor da casa — elas são fracas, mas consigo encontrá-las toda manhã. Suponho, porém, que dirão que eu as forjei de algum modo, pois todos pensam que sou uma figura esquisita.

Vou fazer com que um policial estadual passe a madrugada aqui e veja com seus próprios olhos — embora as criaturas possam descobrir meu plano e não aparecer. Elas cortam os cabos sempre que tento telefonar durante a noite — os técnicos de telefonia acham que é muito estranho, e talvez possam testemunhar em meu favor, se não imaginarem que eu mesmo os cortei. Já faz uma semana que não providencio seu reparo.

Eu poderia conseguir que algumas das pessoas ignorantes testemunhassem por mim sobre a realidade dos horrores, mas todo mundo ri do que elas dizem, e, de qualquer forma, elas evitaram minha casa por tanto tempo que não sabem dos novos acontecimentos. Você não conseguiria trazer um desses fazendeiros miseráveis a menos de 1,5 quilômetros da minha casa, nem por amor, nem por dinheiro. O carteiro ouve o que dizem e caçoa de mim por isso — Deus! Se eu apenas me atrevesse a contar a ele como realmente é! Acho que tentarei fazê-lo observar as pegadas. No entanto, ele vem na parte da tarde, e, nesse horário, elas normalmente já desapareceram. Se eu preservasse uma das marcas, colocando uma caixa ou uma panela sobre ela, ele com certeza pensaria que era falsa ou que se tratasse de uma brincadeira.

> *Gostaria de não ter me tornado um ermitão; as pessoas não costumam dar uma passada, como faziam anteriormente. Nunca ousei mostrar a pedra negra, nem as fotografias da Kodak, nem tocar a gravação para ninguém, a não ser para as pessoas ignorantes. Os outros diriam que eu forjei todo o negócio, e não fariam nada senão rir. Mas, talvez, eu ainda tente mostrar as imagens. Elas revelam claramente aquelas marcas de garras, mesmo que as criaturas que as deixaram não possam ser fotografadas. Que pena que ninguém mais tenha visto aquela coisa nesta manhã, antes que desaparecesse!*
>
> *Mas não sei como ainda me importo. Depois de tudo o que passei, um hospício seria um bom lugar como qualquer outro. Os médicos podem me ajudar a me decidir a sair desta casa, e isso é tudo o que irá me salvar.*
>
> *Escreva para meu filho, George, se não tiver novidades minhas em breve. Adeus, destrua a gravação e não se envolva nisso.*
>
> *Atenciosamente – Akeley*

Essa carta, francamente, fez-me mergulhar no terror mais obscuro. Não sabia o que responder, mas rabisquei algumas palavras incoerentes, com conselhos e encorajamento, e enviei-as por carta registrada. Lembro-me de ter incentivado Akeley a mudar-se para Brattleboro imediatamente e pôr-se sob a proteção das autoridades, acrescentando que iria até aquela cidade com a gravação fonográfica e o ajudaria a convencer os tribunais de sua sanidade. Era hora, também, acredito que tenha escrito, de alertar as pessoas de modo geral em relação àquelas coisas que viviam entre eles. Devo observar que, nesse momento de tensão, minha própria crença em tudo o que Akeley havia contado e afirmado era praticamente completa, embora eu, de fato, achasse que seu fracasso em conseguir uma fotografia do monstro falecido não se devesse a nenhuma aberração da Natureza, mas a algum agitado deslize de sua parte.

Capítulo 5

Então, ao que parece, cruzando meu incoerente bilhete e chegando a mim na tarde do sábado, 8 de setembro, veio a curiosamente distinta e tranquilizadora carta, datilografada de modo ordenado em uma nova máquina; aquela estranha carta reconfortante e convidativa, que deve ter marcado, de forma extraordinária, uma transição em todo o drama digno de pesadelos das isoladas colinas. Mais uma vez, vou transcrevê-la de cabeça – buscando, por razões especiais, preservar o máximo possível do sabor do estilo do texto. Tinha o selo de Bellows Falls, e a assinatura, bem como o corpo da carta, foram datilografados, como é frequente com os iniciantes em datilografia. O texto, entretanto, era maravilhosamente preciso para o trabalho de um principiante; e concluí que Akeley devesse ter usado uma máquina de escrever em algum momento anterior – talvez na faculdade. Seria apenas justo dizer que a carta me aliviou, embora, sob meu alívio, se escondesse um fundo de inquietação. Se Akeley estivera são em seu terror, estaria agora são em sua libertação? E a tal da "relação aperfeiçoada" mencionada... de que se tratava? A carta toda insinuava uma total inversão na postura anterior de Akeley! Mas aqui está o conteúdo principal do texto, cuidadosamente transcrito de memória, da qual tenho certo orgulho.

SUSSURROS NAS TREVAS

Townshend, Vermont, quinta-feira, 6 de setembro de 1928.

Meu caro Wilmarth,

Sinto grande prazer em poder tranquilizá-lo sobre todas as coisas tolas que venho lhe escrevendo. Digo "tolas" embora, com isso, eu me refira mais à minha postura assustada que às minhas descrições de certos fenômenos. Aqueles fenômenos são reais e significativos o suficiente; meu erro foi estabelecer uma atitude anormal em relação a eles.

Acredito que tenha comentado que meus estranhos visitantes estavam começando a se comunicar comigo e a instigar tal comunicação. Na noite passada, esse diálogo se tornou real. Em resposta a certos sinais, dei acesso à casa a um mensageiro externo – um colega humano, deixe-me apressar em dizer. Ele me disse que nem você nem eu havíamos sequer começado a imaginar – e mostrou claramente – como havíamos julgado e interpretado mal o propósito das Criaturas Siderais em manter sua colônia secreta neste planeta.

Ao que parece, as lendas do mal sobre o que elas tinham oferecido aos homens e sobre o que desejavam com a conexão com a Terra são o resultado completo de uma ignorante opinião errada de um discurso alegórico – discurso, é claro, moldado por contextos culturais e modos de pensar muito diferentes de qualquer coisa com que tenhamos sonhado. Minhas próprias conjecturas, admito sem problemas, vão muito além, como qualquer uma das suposições dos fazendeiros analfabetos e dos indígenas selvagens. O que pensei ser mórbido, vergonhoso e infame é, na realidade, impressionante, transcendental e até mesmo glorioso – minha opinião anterior era apenas uma fase da eterna tendência do homem em odiar, temer e se afastar do que é completamente diferente.

Agora me arrependo dos danos que causei a esses seres estranhos e incríveis ao longo de nossos conflitos noturnos. Se eu ao menos tivesse consentido em falar com eles de forma pacífica e sensata em primeiro lugar! Mas eles não têm rancor de mim; suas emoções se organizam de maneira muito diferente da nossa. Foi azar deles que tenham tido como seus agentes humanos em Vermont alguns espécimes muito inferiores – o falecido Walter Brown, por exemplo. Ele me influenciou imensamente contra eles. Na verdade, nunca machucaram conscientemente os homens, mas foram, com frequência, prejudicados e espionados com crueldade pela nossa espécie. Há todo um culto secreto de homens maus (um homem com a sua erudição mística me entenderá quando eu associá-los a Hastur e ao Símbolo Amarelo) devotados ao propósito de rastreá-los e atacá-los em nome de poderes monstruosos de outras dimensões. É contra esses agressores – não contra a humanidade comum – que são direcionadas as precauções drásticas das Criaturas Siderais. A propósito, descobri que muitas de nossas cartas perdidas foram roubadas não pelas Criaturas Siderais, mas pelos emissários dessa seita maligna.

Tudo o que as Criaturas Siderais desejam do homem é paz, sem nenhum ataque, e uma crescente relação intelectual. Esta carta é absolutamente necessária, agora que nossas invenções e aparelhos estão expandindo nosso conhecimento e nossos movimentos, tornando cada vez mais impossível que os postos avançados necessários às Criaturas Siderais existam secretamente nesse planeta. Os seres estranhos desejam conhecer a humanidade mais profundamente e fazer com que alguns de seus líderes filosóficos e científicos conheçam mais sobre eles. Com tal troca de conhecimento, todos os perigos desaparecerão, e um modus vivendi satisfatório será estabelecido. A ideia de qualquer tentativa de escravizar ou desgraçar a humanidade é ridícula.

Como início dessa relação aperfeiçoada, as Criaturas Siderais, naturalmente, me escolheram como seu principal intérprete na Terra — pois meu conhecimento sobre eles já é considerável. Contaram-me muitas coisas, ontem à noite — fatos da natureza mais formidável, o que ampliou o meu olhar —, e mais será dito a mim em seguida, tanto oralmente como por escrito. Não serei convocado a fazer nenhuma viagem para o espaço, ainda, embora eu provavelmente deseje fazê-lo depois — empregando meios especiais e transcendendo tudo o que, até agora, estivemos acostumados a considerar como experiência humana. Minha casa não será mais cercada. Tudo voltou ao normal, e os cachorros não terão mais com o que se ocupar. Em vez de terror, recebi uma rica dádiva de conhecimento e de aventura intelectual, de que poucos outros mortais já compartilharam.

As Criaturas Siderais são talvez as coisas orgânicas mais maravilhosas dentro ou além de todo o espaço e tempo — membros de uma raça vasta como o cosmos, da qual todas as demais formas de vida são meras variantes corrompidas. São mais vegetais que animais, se é que esses termos podem ser aplicados ao tipo de matéria que as compõem, e possuem uma estrutura um tanto quanto fúngica, embora a presença de uma substância similar à clorofila e um sistema nutritivo bastante singular as diferenciem, considerando tudo, dos verdadeiros fungos cormófitos. De fato, o tipo é composto de uma forma de matéria totalmente estranha à nossa parte do espaço — com elétrons com um ritmo de vibração completamente diferente. É por isso que esses seres não podem ser fotografados com filmes e chapas de câmera comuns do nosso próprio universo, muito embora nossos olhos possam vê-las. Com o conhecimento apropriado, porém, qualquer bom químico poderia preparar uma emulsão fotográfica que registrasse suas imagens.

O gênero é único em sua habilidade de atravessar o vazio interestelar destituído de calor e de ar, em sua plena forma corpórea, e algumas de suas variantes não conseguem fazer isso sem auxílio mecânico ou curiosas transposições cirúrgicas. Apenas algumas espécies possuem asas resistentes ao éter, características da variedade de Vermont. Aquelas que habitam certos picos remotos no Velho Mundo foram introduzidas por outros meios. Sua semelhança externa à vida animal e ao tipo de estrutura que entendemos como material é mais uma questão de evolução paralela que de parentesco próximo. Sua capacidade cerebral ultrapassa a de qualquer outra forma de vida sobrevivente, embora as espécies aladas de nossa região cheia de colinas não sejam, de forma alguma, as mais altamente desenvolvidas. A telepatia é seu meio habitual de diálogo, ainda que possuam órgãos vocais rudimentares, que, após uma pequena operação (pois cirurgias são algo incrivelmente especializado e rotineiro entre eles), podem quase duplicar a fala de tais tipos de organismo que ainda a utilizam.

Sua principal moradia mais próxima é um planeta ainda desconhecido e quase destituído de luz, bem à margem de nosso sistema solar — além de Netuno, e o nono em distância relativa ao Sol. É, como deduzimos, o objeto misticamente sugerido como "Yuggoth" em certos escritos antigos e proibidos; e logo será o cenário de uma estranha concentração de pensamentos em nosso mundo, em um esforço de facilitar as conexões mentais. Eu não ficaria surpreso se os astrônomos se tornassem estranhamente sensíveis a essas correntes de pensamento, descobrindo Yuggoth quando as Criaturas Siderais assim desejarem. Mas Yuggoth, é claro, é apenas um trampolim. O conjunto principal de seres vive em abismos organizados de um estranho modo, completamente além do extremo alcance da imaginação humana. O glóbulo de espaço-tempo que reconhecemos como a totalidade de todas as entidades cósmicas é apenas um átomo na genuína infinidade que é própria deles. E tanto quanto desse infinito que pode ser retido por qualquer cérebro humano será finalmente revelado para mim, como foi para não mais de 50 outros homens, desde que a raça humana passou a existir.

De início, você provavelmente chamará isso de delírio, Wilmarth, mas, com o tempo, compreenderá a imensa oportunidade em que esbarrei. Quero que você compartilhe o máximo possível disso, e, para tanto, preciso lhe contar milhares de coisas que não podem ser escritas. No passado, avisei-o que não viesse me visitar. Agora que tudo está seguro, tenho prazer em cancelar a advertência e fazer-lhe um convite.

Será que você não poderia fazer uma viagem para cá, antes que as aulas na universidade se iniciem? Seria maravilhosamente agradável se você pudesse vir. Traga a gravação fonográfica e todas as cartas que lhe enviei como material de consulta – precisaremos delas para juntar as peças de toda essa história extraordinária. Você pode trazer também as imagens da Kodak, já que pareço ter perdido os negativos e minhas próprias cópias em toda essa agitação recente. Mas que riqueza de fatos tenho para acrescentar a esse material incerto e inicial – e que dispositivo incrível tenho para complementar meus acréscimos!

Não hesite – agora não estou sendo espionado, e você não encontrará nada anormal nem perturbador. Só apareça, e encontre-me em meu carro na estação de Brattleboro – prepare-se para ficar o máximo que puder, e aguarde por muitas noites de discussão além de todas as conjecturas humanas. Não conte a ninguém sobre isso, é claro – pois o assunto não deve chegar ao público em geral.

> *O transporte ferroviário para Brattleboro não é ruim – você consegue arrumar uma lista de horários em Boston. Pegue a Ferrovia Boston & Maine até Greenfield e, então, troque de trem no breve restante do caminho. Sugiro que pegue o trem que sai da estação, convenientemente, às 16h10 – horário padrão do leste – de Boston. Este chega a Greenfield às 7h35, e às 9h19 parte outro trem, que chega a Brattleboro às 10h01. Isso em dias de semana. Diga-me a data em que você vem, e estarei com meu carro na estação.*
>
> *Perdoe-me por esta carta datilografada, mas minha caligrafia tem ficado trêmula recentemente, como você sabe, e não me sinto à altura para redigir trechos longos. Peguei esta nova máquina Corona em Brattleboro ontem – parece funcionar muito bem.*
>
> *Aguardo um retorno e espero vê-lo brevemente, com a gravação fonográfica, todas as minhas cartas e as imagens da Kodak.*
>
> *Atenciosamente,*
>
> *Henry W. Akeley*
>
> *PARA ALBERT N. WILMARTH, ILUSTRÍSSIMO SENHOR*
> *UNIVERSIDADE DE MISKATONIC, ARKHAM, MASSACHUSETTS*

A complexidade de minhas emoções ao ler, reler e ponderar sobre essa estranha e inesperada carta está além de uma descrição adequada. Comentei que, de imediato, fiquei aliviado e depois fui tomado pela inquietação, mas isso expressa apenas de forma grosseira as insinuações de sentimentos diversos e amplamente subconscientes que constituíram tanto o alívio como o desconforto. Para começo de conversa, a coisa era totalmente discordante de toda a cadeia de horrores anterior – a mudança de humor, de terror absoluto para fria tolerância e até mesmo entusiasmo, era muito inesperada, estrondosa como um raio, e completa! Eu mal podia acreditar que um único dia pudesse alterar tanto a perspectiva psicológica de alguém que havia escrito aquele último boletim frenético de quarta-feira, não importando quais revelações aliviantes a ocasião pudesse ter trazido. Em certos momentos, uma sensação de irrealidades conflitantes me fez questionar se todo esse drama de forças fantásticas narrado a distância não seria um tipo de sonho quase ilusório, criado em grande parte dentro de minha própria mente. Então, pensei sobre a gravação fonográfica, e entreguei-me a um espanto ainda maior.

A carta parecia tão diferente de tudo o que se poderia esperar! Enquanto analisava minhas impressões, vi que elas tinham duas fases distintas. Primeiro, aceitando que Akeley estivera são anteriormente, e que ainda estava, de modo que a mudança apontada na situação em si tinha sido muito rápida e imprevisível. E, em segundo lugar, que a mudança nas próprias maneiras, na postura e na linguagem de Akeley estava muito além do normal ou do imaginável. Toda a personalidade do homem aparentava ter passado por uma mutação traiçoeira – uma mutação tão profunda que alguém mal poderia harmonizar seus dois aspectos com a suposição de que ambos representam sanidades semelhantes. A escolha de palavras, a grafia – tudo estava sutilmente diferente. E, com minha sensibilidade acadêmica para o estilo em prosa, pude identificar profundas discordâncias em suas reações mais comuns e no ritmo das respostas. Certamente, a catástrofe ou revelação emocional que poderia produzir uma reviravolta tão radical devia, de fato, ser extrema! Por outro lado, a carta parecia bastante característica de Akeley. A mesma velha paixão pela infinidade – a mesma velha curiosidade acadêmica. Não pude, nem por um momento – ou por mais de um momento –, atribuir a ideia de ilegitimidade ou maligna substituição. Não teria o convite – a prontidão em me receber para testar a veracidade da carta em pessoa – comprovado sua autenticidade?

    Não me recolhi no sábado à noite, mas fiquei acordado, pensando nas sombras e nas maravilhas por trás da carta que havia recebido. Minha mente, dolorida pela rápida sequência de ideias monstruosas que havia sido forçada a confrontar ao longo dos últimos quatro meses, trabalhou sobre esse novo material surpreendente, em um ciclo de dúvidas e aceitação que repetiu a maioria dos passos experimentados para enfrentar as maravilhas anteriores; até muito antes do amanhecer, um interesse e uma curiosidade ardentes começaram a substituir a tempestade original de espanto e inquietação. Louco ou são, metamorfoseado ou simplesmente aliviado, as chances eram de que Akeley realmente havia deparado com alguma estupenda mudança de perspectiva em sua arriscada investigação; ao mesmo tempo, alguma alteração teria reduzido seu perigo – real ou imaginário – e aberto novas perspectivas alucinantes de conhecimento cósmico e sobre-humano. Meu próprio entusiasmo pelo desconhecido reacendeu quando observei sua empolgação; e senti-me afetado pelo contágio dessa mórbida superação de barreira. Livrar-se das limitações enlouquecedoras e desgastantes de tempo, espaço e leis naturais – relacionar-se com a imensidão lá fora – aproximar-se dos segredos noturnos e abismais do infinito e do extremo – definitivamente, tal coisa valia os riscos de vida, de alma e de sanidade! E Akeley tinha dito que não havia mais nenhum perigo – ele me convidara a visitá-lo, ao invés de me aconselhar a ficar afastado, como antes. Eu me arrepiei ao pensar no que, agora, ele teria a me dizer – havia uma fascinação quase paralisante na ideia de me sentar naquela casa de fazenda, isolada e recentemente cercada, junto de um homem que havia conversado com os verdadeiros emissários do espaço sideral; de me sentar ali com a terrível gravação e a pilha de cartas em que Akeley resumira suas conclusões anteriores.

Então, no fim da manhã de domingo, telegrafei a Akeley, informando que o visitaria em Brattleboro na próxima quarta-feira – 12 de setembro –, se essa data lhe fosse conveniente. Em apenas um aspecto recusei sua sugestão, e este se referia à escolha do trem. Francamente, não queria chegar à mal-assombrada região de Vermont tão tarde da noite; então, em vez de aceitar o trem que ele havia escolhido, telefonei para a estação e fiz outros planos. Levantando cedo e, pegando o trem das 8h07 (horário padrão do leste) para Boston, eu poderia pegar o trem das 9h25 para Greenfield; chegando lá às 12h22. O trajeto conectava-se exatamente com o trem que chegaria a Brattleboro às 13h08 – um horário muito mais confortável que 10h01 para encontrar Akeley e ir com ele às colinas compactas, secretamente guardadas.

Mencionei essa escolha em meu telegrama e fiquei feliz em descobrir, na resposta que chegou à noite, que meu futuro anfitrião a havia aprovado. Seu telegrama dizia assim:

ARRANJO SATISFATÓRIO ENCONTRAREI TREM 13H08 QUARTA-FEIRA NÃO ESQUEÇA GRAVAÇÃO CARTAS E FOTOGRAFIAS MANTENHA DESTINAÇÃO SEGREDO AGUARDE GRANDES REVELAÇÕES

AKELEY

O recebimento dessa mensagem, em resposta direta a uma enviada para Akeley – e necessariamente entregue em sua casa, saindo da estação de Townshend por um mensageiro oficial ou pelo serviço telefônico então restaurado –, eliminou qualquer insistente dúvida subconsciente que eu pudesse ter sobre a autoria da intrigante carta. Meu alívio foi visível – de fato, foi maior do que pude explicar no momento; já que todas aquelas dúvidas tinham sido enterradas bem profundamente. Naquela noite, porém, dormi por muito tempo, de modo profundo, e, durante os dois dias seguintes, fiquei ansioso e ocupado com os preparativos.

Capítulo 6

Na quarta-feira, parti de acordo com o combinado, levando comigo uma mala repleta de itens básicos e de materiais científicos, incluindo a horrível gravação fonográfica, as imagens da Kodak e todo o arquivo das correspondências de Akeley. Como solicitado, não contei a ninguém aonde estava indo, pois compreendi que o assunto exigia privacidade máxima, mesmo reconhecendo suas mais favoráveis reviravoltas. A ideia de um verdadeiro contato mental com entidades estranhas, extraterrenas, era fascinante o suficiente para minha mente treinada e um tanto quanto preparada; e, desse modo, o que se poderia pensar sobre seus efeitos nas vastas massas de leigos ignorantes? Não sei qual sentimento predominava em mim, se medo ou uma expectativa aventureira, enquanto eu trocava de trem em Boston, e comecei o longo trajeto para o oeste, para longe das regiões familiares, em direção àquelas que conhecia menos intimamente. Waltham, Concord, Ayer, Fitchburg, Gardner, Athol...

Meu trem chegou a Greenfield sete minutos atrasado, mas o expresso que faria a conexão para o norte ainda não havia partido. Fiz a baldeação com pressa, e senti uma curiosa falta de ar enquanto os vagões roncavam, sob o sol de início da tarde, dirigindo-se a territórios sobre os quais eu sempre lera, mas que jamais havia visitado. Sabia que estava adentrando uma Nova Inglaterra completamente mais antiquada e mais primitiva que as áreas mecanizadas e urbanizadas da costa e do sul, onde passei toda a minha vida; uma Nova Inglaterra intacta e ancestral, sem os estrangeiros nem a fumaça das fábricas, os anúncios e as estradas de concreto das regiões em que a modernidade havia chegado. Haveria uma curiosa sobrevivência daquela vida nativa contínua, cujas profundas raízes fazem dela a única consequência autêntica da paisagem – a contínua vida nativa que mantém vivas estranhas memórias antigas e fertiliza o solo para crenças misteriosas, surpreendentes e raramente mencionadas.

De vez em quando, via o azulado rio Connecticut brilhando sob o sol, e, depois, ao deixar Northfield, nós o cruzamos. Adiante, surgiam colinas verdejantes e enigmáticas, e, quando o condutor as contornou, descobri que eu havia, enfim, chegado a Vermont. Ele me indicou que atrasasse o relógio em uma hora, pois a região montanhosa do norte não adotava esse tipo de modernidade como o sistema de horário de verão. Ao fazê-lo, pareceu-me que estava, igualmente, voltando um século no calendário.

O trem manteve-se próximo ao rio, e, do outro lado, em New Hampshire, pude ver a encosta íngreme de Wantastiquet se aproximando, sobre a qual se acumulam antigas lendas peculiares. Então, ruas apareceram à minha esquerda, e uma ilha verdejante surgiu no riacho, à minha direita. As pessoas se levantaram e se enfileiraram em direção à porta, e eu as segui. O trem parou, e desembarquei no extenso galpão da estação de Brattleboro.

Olhando ao longo da fileira de carros que aguardavam, hesitei por um momento em ver qual deles seria o Ford de Akeley, mas minha identidade foi descoberta antes que eu pudesse tomar a iniciativa. E, contudo, claramente não era o próprio Akeley que avançou para me encontrar, com a mão estendida, e perguntar, de modo agradável, se eu era de fato o Sr. Albert N. Wilmarth, de Arkham. Esse homem não possuía nenhuma semelhança com o Akeley barbado e grisalho do retrato; tratava-se, porém, de um sujeito mais jovem e urbano, elegantemente vestido, e usava apenas um bigode pequeno e escuro. Sua fala culta revelava uma estranha e quase perturbadora sugestão de vaga familiaridade, embora eu não pudesse localizá-la em minha memória de forma definitiva.

Enquanto eu o examinava, ele explicou que era um amigo do meu futuro anfitrião e que viera de Townshend em seu lugar. Akeley, ele contou, sofrera um ataque súbito de algum problema asmático, e não se sentia bem para fazer uma viagem ao ar livre. Não era nada grave, no entanto, e não havia nenhuma mudança de planos em relação à minha visita. Eu não conseguia decifrar exatamente quanto esse tal de Sr. Noyes – como ele próprio se apresentou – sabia sobre as investigações e descobertas de Akeley, embora me parecesse que seus modos casuais o qualificassem como um relativo leigo. Lembrando-me de como Akeley costumava ser um ermitão, fiquei um pouco surpreso com a disponibilidade imediata de tal amigo; mas não deixei que meu espanto me impedisse de entrar no carro que ele indicou. Não era o pequeno e antigo automóvel que eu esperava, pelas descrições de Akeley, mas um exemplar enorme e impecável de um modelo recente. Aparentemente, pertencia ao próprio Noyes, e tinha uma placa de Massachusetts com o divertido emblema daquele ano, o "bacalhau sagrado". Meu guia, concluí, devia ser um veranista na região de Townshend.

Noyes entrou no carro, sentando-se ao meu lado, e partimos imediatamente. Fiquei contente por ele ter conversado pouco, pois uma certa tensão no ar fez com que eu me sentisse pouco inclinado a falar. A cidade aparentava ser bastante agradável, sob a luz do sol da tarde, enquanto subíamos uma ladeira e virávamos à direita, em direção à rua principal. Era preguiçosa como as antigas cidades da Nova Inglaterra que recordávamos da infância, e algo na disposição dos telhados, campanários, chaminés e paredes de tijolos formava contornos que tocavam profundas cordas de emoções ancestrais. Eu poderia dizer que estava no portal de uma região meio encantada pelo acúmulo de ininterruptos períodos de tempo;

uma região em que antigas e estranhas coisas tiveram a chance de crescer e se manter vivas, porque nunca foram perturbadas.

Ao saírmos de Brattleboro, minha sensação de inquietação e intuição havia crescido, pois uma vaga característica no campo repleto de colinas, com suas ameaçadoras encostas esverdeadas, graníticas, elevadas e compactas, insinuava segredos obscuros e sobrevivências imemoriais que poderiam ou não ser hostis à humanidade. Por um tempo, nosso percurso seguiu um rio largo e raso, que fluía abaixo de desconhecidas colinas ao norte, e tremi quando meu companheiro me contou que se tratava do rio West. Havia sido nesse riacho, como me lembrei de ter visto em artigos de jornal, que um dos mórbidos seres parecidos com caranguejos fora visto flutuando depois das enchentes.

Gradualmente, o campo ao nosso redor tornou-se mais selvagem e deserto. Antigas pontes cobertas permaneciam do passado, de modo apavorante, nos bolsões das colinas, e a linha de trem, meio abandonada, paralela ao rio, parecia exalar um ar de desolação nebulosamente perceptível. Havia incríveis regiões de vales vívidos, em que enormes penhascos se elevavam, com o granito virgem da Nova Inglaterra revelando-se acinzentado e austero através da vegetação que subia os cumes das montanhas. Havia desfiladeiros para os quais riachos bravios avançavam, carregando em direção ao rio os segredos inimagináveis de milhares de picos inexplorados. Ramificando-se para longe, ocasionalmente surgiam estradas estreitas, meio ocultas, que abriam caminho através de massas de florestas sólidas e exuberantes, entre cujas árvores primitivas exércitos inteiros de espíritos primários poderiam muito bem estar esperando. Ao vê-las, pensei em como Akeley havia sido atormentado por influências invisíveis enquanto andava de carro por esse exato trajeto, e não fiquei admirado de que tais coisas pudessem mesmo acontecer. O exótico e agradável vilarejo de Newfane, que alcançamos em menos de uma hora, foi a nossa última conexão com o mundo que o homem definitivamente poderia chamar de seu, em virtude da conquista e completa ocupação. Depois disso, abandonamos toda a fidelidade a tudo aquilo que fosse imediato, concreto e tocado pelo tempo, e entramos em um mundo fantástico de silenciosa irrealidade, no qual as estradas estreitas, tal como fitas, subiam, desciam e se curvavam com um capricho quase consciente e intencional, em meio aos picos verdes inabitados e vales quase desertos. Exceto pelo som do veículo e da leve agitação das poucas fazendas isoladas com as quais cruzávamos, a intervalos infrequentes, o único ruído que chegava a meus ouvidos era o gotejar traiçoeiro e gorgolejante das estranhas águas, de incontáveis fontes ocultas, nos bosques sombrios.

A proximidade e a intimidade das colinas arredondadas, que até então pareciam pequenas, realmente me tiraram o fôlego. Íngremes e abruptas, elas eram ainda maiores do que eu tinha imaginado ao ouvir os boatos, e não sugeriam nada em comum com o mundo objetivo e banal que conhecemos. Os bosques densos e desertos, naquelas encostas inacessíveis, pareciam esconder coisas estranhas e incríveis, e senti que o próprio contorno das colinas guardava algum curioso significado, esquecido há eras, como se fossem enormes hieróglifos deixados por uma suposta raça titânica cujas glórias sobrevivem apenas em raros e profundos sonhos. Todas as lendas do passado e todas as alegações surpreendentes nas cartas e nas evidências de Henry Akeley brotavam em minha memória, intensificando a atmosfera de tensão e crescente ameaça. O objetivo de minha visita e as anormalidades medonhas que ela pressupunha me golpearam, todas de uma só vez, com um arrepio que quase prevaleceu sobre meu desejo por estranhas descobertas.

Meu guia deve ter notado minha agitação, pois, ao passo em que a estrada se tornava mais selvagem e irregular e nosso movimento, mais vagaroso e sacolejante, seus eventuais comentários agradáveis se expandiram, em um fluxo de discurso mais contínuo. Ele falou sobre a beleza e as peculiaridades do campo, e revelou certa familiaridade com os estudos folclóricos de meu futuro anfitrião.

Por suas educadas perguntas, era óbvio que ele sabia que eu tinha vindo por um propósito científico, e que trazia materiais de certa importância; mas ele não aparentava ter consciência da profundidade e do horror do conhecimento que Akeley finalmente alcançara.

Seus modos eram tão alegres, comuns e urbanos que seus comentários deveriam ter me acalmado e me confortado; mas, curiosamente, senti-me ainda mais perturbado à medida que seguíamos, aos trancos, e virávamos adiante, em direção à desconhecida imensidão de colinas e bosques. De vez em quando, era como se ele estivesse me interrogando para ver se eu conhecia os segredos monstruosos do lugar, e, a cada fala, aquela familiaridade vaga, provocante e perturbadora em sua voz aumentava. Não se tratava de uma familiaridade comum ou saudável, apesar da natureza completamente honesta e culta de sua voz. De algum modo, relacionei-a a pesadelos esquecidos, e senti que poderia enlouquecer se a reconhecesse. Se tivesse alguma boa desculpa, acho que teria desistido de minha visita. Naquelas circunstâncias, porém, não poderia fazê-lo – e me ocorreu que uma conversa calma e científica com o próprio Akeley, após minha chegada, seria de enorme ajuda para que eu me recompusesse.

Além disso, havia um elemento estranhamente tranquilizador, de beleza cósmica, na paisagem hipnótica através da qual subíamos e mergulhávamos, de maneira fantástica. O tempo havia se perdido nos labirintos que deixávamos para trás, e, a nosso redor, estendiam-se apenas as ondas floridas das fadas e o encanto recapturado de séculos desaparecidos – os velhos arvoredos, os pastos inocentes cercados por vistosas flores outonais, e a grandes intervalos, as pequenas fazendas amarronzadas, aninhadas em meio a gigantescas árvores, sob precipícios verticais de arbustos e gramados perfumados. Até mesmo a luz do sol assumia um glamour celestial, como se alguma atmosfera ou algum vapor especial cobrisse toda a região. Eu nunca tinha visto nada como aquilo antes, exceto nos cenários mágicos que, às vezes, compunham o segundo plano das obras dos antigos italianos. Sodoma e Leonardo conceberam tais panoramas, mas somente a distância, e através das abóbadas das arcadas renascentistas. Nós estávamos, agora, embrenhando-nos corporalmente pelo meio do quadro, e eu parecia encontrar, em sua magia, algo que sabia ou herdara de maneira inata, e pelo qual estivera sempre buscando, em vão.

De repente, depois de contornar um ângulo obtuso, no topo de uma subida íngreme, o carro parou. À minha esquerda, do outro lado de um gramado bem cuidado, que se estendia até a estrada e exibia uma borda de pedras caiadas, erguia-se uma casa branca, de dois andares e um sótão, de tamanho e elegância incomuns para a região, com um conjunto de celeiros, galpões e um moinho, juntos ou conectados por arcadas, atrás e à direita da construção. Reconheci a propriedade, de imediato, da fotografia que recebera, e não fiquei surpreso em ver o nome de Henry Akeley na caixa de correio de ferro galvanizado, próximo à estrada. Por alguma distância atrás da casa, estendia-se um trecho nivelado de terra pantanosa, com árvores espalhadas, além do qual se elevava uma encosta íngreme, densamente florestada, que terminava em um pico entrecortado de folhas. Esse último, eu sabia, era o cume da Montanha Negra, que já devíamos ter subido até a metade.

Descendo do carro, e pegando minha valise, Noyes pediu que eu esperasse enquanto ele entrava e comunicava minha chegada a Akeley. Ele próprio, acrescentou, tinha negócios importantes a tratar em outro lugar, e não poderia ficar por nem sequer mais um momento. Enquanto ele subia, rapidamente, o caminho para a casa, saí do carro, desejando esticar as pernas um pouco antes de me acomodar em uma conversa sedentária. Minha sensação de nervosismo e tensão haviam se elevado ao máximo novamente, agora que eu estava no verdadeiro cenário do mórbido cerco descrito de modo tão perturbador nas cartas de Akeley; e, honestamente, temi as discussões que estavam por vir, que me conectariam a mundos muito estranhos e proibidos.

O contato próximo com bizarrices absolutas é, com frequência, mais aterrorizante do que inspirador, e não me encorajava pensar que aquele exato trecho de estrada empoeirada era o lugar em que aqueles rastros monstruosos e aquele fétido fluido verde haviam sido encontrados depois das noites sem lua, cheias de medo e de mortes. Notei, com indiferença, que nenhum dos cachorros parecia estar ali. Teria Akeley vendido-os todos, logo que as Criaturas Siderais fizeram as pazes com ele? Por mais que eu tentasse, não conseguia ter a mesma confiança na profundidade e na sinceridade daquela paz, presentes na última carta de Akeley, estranhamente diferente. Afinal de contas, ele era um homem de muita simplicidade e com pouca experiência do mundo. Não haveria, talvez, alguma tendência oculta, profunda e sinistra, sob a superfície dessa nova aliança?

Conduzidos por meus pensamentos, meus olhos voltaram-se para baixo, em direção ao solo da estrada coberta de poeira, que guardara tais testemunhos hediondos. Os últimos dias tinham sido secos, e rastros de todos os tipos preenchiam a rodovia esburacada e irregular, apesar de aquele distrito ser pouco frequentado. Com uma vaga curiosidade, comecei a traçar o contorno de algumas marcas variadas, tentando, enquanto isso, dominar os voos de imaginação macabra que o local e suas memórias sugeriam. Havia algo ameaçador e desconfortável na quietude fúnebre, no gotejar abafado e sutil de córregos distantes, nos numerosos picos esverdeados e nos precipícios de bosques negros que sufocavam o estreito horizonte.

Então, uma imagem disparou pela minha consciência, o que fez com que aquelas vagas ameaças e voos imaginativos parecessem, de fato, suaves e insignificantes. Eu disse que estava dando uma olhada nas diversas marcas na estrada com um tipo de curiosidade supérflua – mas, de repente, a curiosidade foi incrivelmente apagada por um sopro repentino e paralisante de efetivo terror. Pois, embora os rastros de poeira estivessem, em geral, confusos e sobrepostos, e dificilmente chamassem a atenção de qualquer olhar casual, minha visão inquieta havia captado certos detalhes próximos ao local em que o caminho para a casa se unia à estrada; e reconhecido, sem dúvida nem esperança, a importância assustadora daqueles detalhes. Não foi gratuitamente que, infelizmente, eu havia me debruçado por horas sobre as fotografias, tiradas com a Kodak, das marcas de garras das Criaturas Siderais que Akeley me enviara. Eu conhecia muito bem as marcas daquelas pinças repugnantes e aquele indício de direção ambígua que autenticava os horrores como nenhuma criatura desse planeta. Não havia nenhuma chance de eu ter cometido um erro misericordioso. Havia ali, de fato, objetivamente diante dos meus próprios olhos, e certamente deixadas havia não muitas horas, pelo menos três marcas que se destacavam, de modo blasfemo, em meio à surpreendente quantidade de pegadas confusas que iam e retornavam da casa de Akeley. Eram os rastros infernais dos fungos vivos de Yuggoth.

Eu me recompus a tempo de conter um grito. Afinal de contas, o que mais havia, ali, além do que eu poderia esperar, assumindo que realmente acreditara nas cartas de Akeley? Ele havia falado sobre fazer as pazes com as criaturas. Por que, então, parecia estranho que algumas delas tivessem visitado sua casa? No entanto, o terror era mais forte que a tranquilização. Seria possível esperar que alguém permanecesse impassível ao ter contato, pela primeira vez, com as marcas de garras de seres vivos das mais distantes profundezas do espaço? Bem naquele momento, vi Noyes sair da porta e se aproximar com passos rápidos. Eu deveria, refleti, manter o controle, pois havia grandes chances de que esse amigo gentil nada soubesse sobre as mais profundas e extraordinárias investigações de Akeley acerca do proibido.

Akeley, Noyes se apressou em me informar, estava feliz e pronto para me ver, embora seu repentino ataque de asma o impedisse de ser um anfitrião muito competente por um ou dois dias. Quando aconteciam, essas crises o atingiam com força, e eram sempre acompanhadas por uma febre fragilizante e uma fraqueza generalizada. Ao longo desses períodos, ele nunca se sentia muito bem – precisava falar aos sussurros, e ficava muito desajeitado e debilitado ao se locomover. Seus pés e tornozelos haviam inchado também, de modo que ele precisava enfaixá-los, como um velho carnívoro acometido pela gota. Hoje ele se encontrava em péssimo estado; assim, eu precisaria atender, em grande parte, às minhas próprias necessidades; mas Akeley estava, entretanto, ansioso pela conversa. Eu o encontraria no escritório à esquerda do saguão de entrada – o escritório cujas venezianas estavam fechadas. Ele precisava se manter a distância da luz do sol quando estava doente, pois seus olhos ficavam muito sensíveis.

Enquanto Noyes dava adeus e partia para o norte em seu carro, comecei a andar, vagarosamente, em direção à casa. A porta fora deixada entreaberta; mas, antes de me aproximar e entrar, lancei um olhar investigativo por todo o lugar, tentando compreender o que havia me impressionado de modo tão incompreensivelmente estranho. Os celeiros e galpões eram bastante comuns e estavam em bom estado, e notei o gasto Ford de Akeley em sua ampla e desprotegida garagem. Então, o segredo da estranheza me alcançou. Era o completo silêncio. Normalmente, uma fazenda tem, no mínimo, algum barulho, por causa de seus diversos tipos de criação, mas, ali, não havia nenhum sinal de vida. Onde estavam as galinhas e os cachorros? As vacas, que Akeley dissera possuir várias, poderiam compreensivelmente estar fora, pastando, e os cães talvez tivessem sido vendidos; mas a ausência de qualquer sinal de cacarejos e grunhidos era bastante singular.

Não me detive por muito tempo no caminho, mas entrei decididamente pela porta aberta e fechei-a atrás de mim. Fora necessário um distinto esforço psicológico para fazê-lo, e, agora que eu estava dentro da casa, tive um desejo momentâneo de bater em retirada. Não que o lugar fosse minimamente sinistro em sugestão visual; pelo contrário, achei o gracioso saguão, decorado à moda do fim do período colonial, de muito bom gosto e genuíno, e admirei a evidente cultura do homem que o tinha mobiliado. O que me fez querer fugir foi algo muito sutil e indefinível. Talvez tenha sido certo odor estranho que pensei notar – embora soubesse bem como eram comuns os cheiros de mofo, até mesmo nas mais agradáveis fazendas antigas.

Capítulo 7

Recusando-me a deixar que essas apreensões nebulosas me dominassem, lembrei-me das instruções de Noyes e empurrei a porta branca, de seis painéis e trinco de latão, à minha esquerda. O quarto adiante estava escuro, como eu já esperava; e, ao entrar, notei que o estranho odor estava mais forte ali. Do mesmo modo, parecia haver um tipo de ritmo ou vibração no ar, suave e quase imaginário. Por um momento, as venezianas fechadas permitiram-me ver muito pouco, mas, então, uma espécie de tosse seca desconsolada, ou um sussurro, chamou minha atenção para uma grande poltrona, no canto mais distante e escuro do cômodo. Dentro de suas obscuras profundezas, vi o borrão pálido do rosto e das mãos de um homem; e, num instante, atravessei o quarto para cumprimentar a figura que havia tentado falar. Embora a luz estivesse fraca, percebi que aquele era, de fato, meu anfitrião. Eu havia estudado as fotografias da Kodak, repetidamente, e não poderia haver engano algum a respeito desse rosto firme e desgastado pelo tempo, com a barba aparada e grisalha.

No entanto, ao olhar novamente, meu reconhecimento se misturou à tristeza e à ansiedade; pois, certamente, seu rosto era o de um homem muito doente. Senti que devia haver algo além da asma por trás daquela expressão exausta, rígida e imóvel, e daquele olhar vidrado e arregalado; e percebi que a tensão de suas assustadoras experiências devia tê-lo afetado terrivelmente. Isso não seria suficiente para destruir qualquer ser humano – até mesmo um homem mais jovem do que este intrépido explorador do proibido? O estranho e súbito alívio, temi, havia chegado tarde demais para salvá-lo de algo como um colapso generalizado. Havia um toque lamentável na maneira frouxa e sem vida com que suas mãos magras descansavam em seu colo. Ele vestia um roupão folgado e tinha a cabeça e o pescoço envoltos por um lenço ou capuz de um amarelo vívido.

Então, vi que ele tentava falar, com o mesmo sussurro irregular com que havia me cumprimentado. De início, era um murmúrio difícil de compreender, pois o bigode acinzentado ocultava todos os movimentos labiais, e algo em seu timbre me perturbava muito; mas, concentrando minha atenção, logo pude decifrar seu significado surpreendentemente bem. Não se tratava, de modo algum, de um sotaque interiorano, e a linguagem era ainda mais educada do que as correspondências tinham me levarado a esperar.

"Sr. Wilmarth, eu presumo? Perdoe-me por não me levantar. Estou bastante doente, como o sr. Noyes deve ter lhe contado; mas não pude deixar de ansiar por sua visita, mesmo assim. Você sabe o que escrevi em minha última carta – há tanto para lhe contar amanhã, quando devo me sentir melhor. Não tenho palavras para dizer como estou contente em vê-lo em pessoa, depois de todas a nossa correspondência. Você trouxe o arquivo consigo, certo? E as fotografias da Kodak e a gravação? Noyes colocou sua mala no corredor – suponho que a tenha visto. Pois temo que esta noite você precise servir a si mesmo na maior parte do tempo. Seu quarto é no andar superior – acima deste –, e você encontrará a porta do banheiro aberta, logo no topo da escada. Há uma refeição preparada para você na sala de jantar – passando por esta porta, à sua direita –, da qual pode se servir sempre que desejar. Serei um anfitrião melhor amanhã – mas, agora, a fraqueza me torna incapaz.

"Sinta-se em casa – você pode pegar as cartas, as fotografias e a gravação e colocá-las aqui na mesa, antes de subir com sua mala. Será aqui que vamos discuti-los – você pode ver meu fonógrafo naquela estante de canto.

"Não, obrigado – não há nada que você possa fazer por mim. Conheço essas crises de antigamente. Apenas volte para uma visitinha tranquila antes de dormir, e, então, vá se deitar quando desejar. Descansarei aqui – talvez durma aqui a noite toda, como faço com frequência. Pela manhã, estarei muito mais apto a mergulhar no material que investigaremos. Você percebe, é claro, a natureza completamente fascinante do assunto à nossa frente. Para nós, bem como para alguns poucos homens nesta terra, serão abertos abismos de tempo, espaço e conhecimento além de qualquer coisa dentro da concepção da ciência ou da filosofia humanas.

"Você sabia que Einstein está errado, e que certos objetos e forças podem se mover a uma velocidade maior que a da luz? Com a devida assistência, espero retroceder e avançar no tempo, e realmente ver e sentir a terra de passados remotos e de épocas futuras. Você não imagina o nível ao qual esses seres conduziram a ciência. Não há nada que eles não possam fazer com a mente e o corpo dos organismos vivos. Espero visitar outros planetas, e até mesmo outras estrelas e galáxias. A primeira viagem será para Yuggoth, o mundo mais próximo totalmente habitado por esses seres. Trata-se de um estranho globo obscuro, bem na margem do nosso sistema solar – ainda desconhecido pelos astrônomos terrestres. Mas devo ter escrito a você sobre isso. No momento apropriado, você sabe, os seres que vivem lá vão direcionar correntes de pensamento em nossa direção, fazendo com que seu planeta seja descoberto – ou, talvez, deixem que algum de seus aliados humanos dê uma dica aos cientistas.

"Existem imponentes cidades em Yuggoth – grandes níveis de torres geminadas, construídas de pedra negra, tal como a amostra que tentei lhe enviar. Aquela pedra veio de Yuggoth. Lá, o Sol não é mais brilhante que uma estrela, mas os seres não precisam de nenhuma luz. Eles possuem outros sentidos, mais sutis, e não instalam janelas em suas enormes casas e templos. A luz até mesmo os machuca, os prejudica e os confunde, pois ela não existe no cosmos negro, fora do tempo e do espaço dos quais vieram originalmente. Visitar Yuggoth enlouqueceria qualquer homem mais fraco – ainda assim, vou para lá. Os rios negros de piche que fluem sob aquelas misteriosas pontes gigantescas – coisas construídas por alguma raça mais antiga, extinta e esquecida, antes que as criaturas fossem a Yuggoth, vindas dos vazios extremos – seriam suficientes para transformar qualquer homem em um Dante ou um Poe, se este conseguisse manter-se são o suficiente para narrar o que tivesse visto.

"Mas lembre-se – esse mundo obscuro de jardins fúngicos e cidades sem janelas não é realmente terrível. Parece ser assim apenas para nós. Provavelmente, este mundo também aparentava ser terrível às criaturas quando elas o exploraram pela primeira vez, na era primitiva. Você sabe que elas estiveram aqui muito antes de a fabulosa época de Cthulhu se encerrar, e lembra-se de tudo sobre a submersa R'lyeh quando estava acima das águas. Elas também estiveram dentro da terra; existem aberturas sobre as quais os humanos nada sabem – algumas delas, nestas mesmas colinas de Vermont – e enormes mundos de vida desconhecida lá embaixo; K'n-yan, iluminado de azul, Yoth, de vermelho, e N'kai, escura, sem luz alguma. Foi de N'kai que o assustador Tsathoggua veio – você sabe, a divindade disforme, semelhante a um sapo, citada nos Manuscritos Pnakóticos, no *Necronomicon* e no ciclo mitológico de Commoriom, preservado pelo sumo sacerdote atlante Klarkash-Ton.

"Mas falaremos disso tudo mais tarde. A esta altura, devem ser 16 ou 17 horas. Melhor trazer as coisas da sua valise, comer algo e, então, retornar para uma conversa agradável."

Muito vagarosamente, virei-me e comecei a obedecer a meu anfitrião, buscando minha valise, tirando os objetos desejados e colocando-os sobre a mesa, e, finalmente, subindo para o quarto reservado para mim. Com a recordação daquela marca de garra à beira da estrada ainda fresca em minha mente, os fragmentos sussurrados de Akeley haviam me afetado de modo estranho; e os indícios de familiaridade com esse desconhecido mundo de vida fúngica – o proibido Yuggoth – fizeram minha pele arrepiar mais do que eu gostaria de admitir. Eu senti muito pela doença de Akeley, mas precisava confessar que seu sussurro rouco tinha um caráter odioso, bem como lamentável. Se ele ao menos não louvasse tanto Yuggoth e seus segredos obscuros!

Meu quarto revelou-se muito agradável e bem mobiliado, desprovido tanto do odor de mofo quanto da perturbadora sensação de vibração; e, depois de deixar minha valise ali, desci novamente, para cumprimentar Akeley e comer a refeição que ele havia preparado para mim. A sala de jantar ficava logo depois do escritório, e vi que a cozinha se estendia mais adiante, na mesma direção. Na mesa, uma ampla variedade de sanduíches, bolos e queijos me aguardava, e uma garrafa térmica, junto de uma xícara e um pires, indicavam que o café quente não fora esquecido. Depois de uma refeição bem saboreada, servi-me de uma xícara generosa de café, mas descobri que o padrão culinário sofrera um lapso neste único detalhe. Meu primeiro gole revelou um gosto azedo, levemente desagradável, de modo que acabei não tomando mais nada. Ao longo de todo o jantar, pensei em Akeley sentado, em silêncio, em sua grande poltrona no cômodo escuro ao lado.

Em dado momento, entrei no escritório e pedi para compartilhar a refeição com ele, mas meu anfitrião sussurrou que ainda não podia comer nada. Mais tarde, logo antes de dormir, tomaria um pouco de leite maltado – tudo o que deveria consumir naquele dia.

Depois de comer, insisti em retirar a louça da mesa e lavá-la à pia da cozinha – casualmente esvaziando a garrafa do café que não consegui apreciar. Então, retornando ao escuro escritório, puxei uma cadeira para perto do canto em que estava meu anfitrião e me preparei para a conversa que ele poderia se sentir inclinado a conduzir. As cartas, as fotografias e a gravação ainda estavam na grande mesa de centro, mas, na ocasião, não precisamos recorrer a elas. Logo, até me esqueci do odor bizarro e dos curiosos indícios de vibração.

Eu disse que havia coisas em algumas das cartas de Akeley – especialmente na segunda e mais volumosa – que eu não ousaria citar nem mesmo descrever por meio de palavras no papel. Esse receio se aplica com uma força ainda maior às coisas sussurradas que ouvi naquela noite, no escritório escuro em meio às isoladas colinas. Sobre a extensão dos horrores cósmicos revelados por aquela voz rouca não posso sequer insinuar. Ele havia conhecido coisas horríveis antes, mas o que descobrira, desde que fizera o pacto com as Criaturas Siderais, era quase demais para que a sanidade pudesse suportar. Mesmo agora, eu me recuso totalmente a acreditar no que ele sugeriu sobre a composição da infinidade máxima, sobre a justaposição de dimensões e sobre a assustadora posição do nosso conhecido cosmos de espaço e tempo na eterna cadeia de átomos-cosmos interligados, que constitui o imediato supercosmos de curvas, ângulos e organização eletrônica material e semimaterial.

Nunca um homem são esteve tão perigosamente próximo dos mistérios de entidade básica – nunca um cérebro orgânico esteve mais próximo da completa destruição, no caos que transcende a forma, a força e a simetria. Aprendi de onde Cthulhu veio, originalmente, e por que metade das grandes estrelas temporárias da história explodiu. Adivinhei – pelas sugestões que fizeram até mesmo meu informante pausar, timidamente – o segredo por trás das Nuvens de Magalhães e das nebulosas globulares, e a obscura verdade oculta pela antiga alegoria de Tao. A natureza dos Doels me foi claramente revelada, e conheci a essência (embora não a fonte) dos Cães de Tíndalos. A lenda de Yig, o Pai das Serpentes, deixou de ser figurativa, e me sobressaltei com repugnância quando descobri sobre o caos nuclear monstruoso além do espaço angulado que o

Necronomicon havia misericordiosamente ocultado sob o nome de Azathoth. Foi chocante ter os mais desagradáveis pesadelos dos mitos secretos esclarecidos em termos concretos, cujo ódio gritante e mórbido ultrapassava as insinuações mais ousadas de místicos antigos e medievais. Inevitavelmente, fui levado a acreditar que aqueles que haviam proferido os primeiros sussurros sobre esses contos malditos deviam ter dialogado com as Criaturas Siderais de Akeley e, talvez, visitado os domínios cósmicos siderais, como agora meu anfitrião propunha que o visitássemos.

Ele me contou sobre a Pedra Negra e o que ela implicava, e fiquei feliz por não tê-la recebido. Minhas suposições sobre aqueles hieróglifos estavam todas corretas! E, contudo, meu anfitrião agora parecia reconciliado com todo o sistema diabólico em que havia esbarrado; reconciliado e ávido por explorar mais profundamente o abismo monstruoso. Perguntei-me com que seres Akeley havia conversado desde que enviara sua última carta para mim, e se muitos deles eram humanos, como aquele primeiro emissário que ele havia mencionado. A tensão em minha cabeça tornou-se insuportável, e desenvolvi todo tipo de teoria maluca sobre aquele estranho e persistente odor, e sobre aqueles indícios traiçoeiros de vibração no escritório escuro.

Agora anoitecia, e, quando me lembrei do que Akeley escrevera sobre as noites anteriores, estremeci ao pensar que não haveria lua. Tampouco gostei do modo como a casa da fazenda se acomodava, ao abrigo da imensa encosta florestada que dava para o inexplorado pico da Montanha Negra. Com a permissão de Akeley, acendi uma pequena lamparina a óleo, reduzi a chama, e coloquei-a em uma estante de livros distante, ao lado do busto fantasmagórico de Milton; mas, depois disso, arrependi-me de tê-lo feito, pois o rosto exausto e imóvel do meu anfitrião e suas mãos enfraquecidas pareceram terrivelmente anormais, como as de um cadáver. Ele parecia quase incapaz de se mover, embora eu o tenha visto mexer a cabeça, rigidamente, vez ou outra.

SUSSURROS NAS TREVAS

Depois do que Akeley havia me contado, eu mal podia imaginar que segredos mais profundos ele guardava para o dia seguinte; mas, por fim, revelou que sua viagem para Yuggoth e além – e minha possível participação – seria o tópico do dia seguinte. Deve ter se divertido com o sobressalto de horror que tive ao ouvir a proposta de participar de uma viagem cósmica, pois sua cabeça sacudiu-se violentamente quando manifestei meu medo. Em seguida, falou, de modo muito gentil, sobre como os seres humanos podem realizar – e diversas vezes já realizaram – o voo aparentemente impossível no vazio interestelar. Ao que parece, corpos humanos completos não faziam a viagem de fato, mas as extraordinárias habilidades cirúrgicas, biológicas, químicas e mecânicas das Criaturas Siderais haviam encontrado um jeito de transportar cérebros humanos sem sua estrutura física coexistente.

Havia um método inofensivo de extrair um cérebro, e uma maneira de manter os resíduos orgânicos ativos durante sua ausência. A matéria cerebral nua e compacta era, então, imersa em um fluido, ocasionalmente reabastecido, dentro de um cilindro à prova de éter, feito de um metal minerado em Yuggoth, com alguns eletrodos que alcançavam e se conectavam, ao acaso, a elaborados instrumentos, capazes de duplicar as três faculdades vitais da visão, da audição e da fala. Carregar pelo espaço os cilindros cerebrais intactos era algo simples para os seres fúngicos alados. Então, em cada planeta ocupado por sua civilização, eles encontravam vários instrumentos-reprodutores-de-faculdades ajustáveis, capazes de se conectar com os cérebros encapsulados; de modo que, após uma rápida instalação, essas inteligências móveis poderiam alcançar uma vida sensorial e articulada completa – embora mecânica e incorpórea – em cada estágio de sua jornada através e além do contínuo espaço-tempo. Era tão simples como carregar um disco fonográfico e tocá-lo onde quer que haja um fonógrafo correspondente. De seu sucesso não poderia haver nenhuma dúvida. Akeley não estava com medo. Afinal, não se tratava de algo que já fora realizado, de maneira brilhante, repetidas vezes?

Pela primeira vez, uma das mãos inertes e debilitadas se ergueu, e apontou, de maneira rígida, para uma prateleira alta, no lado mais distante do escritório. Ali, em uma fileira bem organizada, havia mais de 12 cilindros, feitos de um metal que eu nunca tinha visto antes – cilindros com cerca de 30 centímetros de altura e um pouco menos de diâmetro, com três curiosos soquetes posicionados em um triângulo isósceles sobre sua superfície convexa frontal. Um deles possuía dois dos soquetes conectados a um par de máquinas de aparência peculiar, mais ao fundo. A respeito de sua finalidade não precisei ser informado, e estremeci como se estivesse ardentemente febril. Então, vi a mão apontar para um canto muito mais próximo, em que estavam agrupados alguns instrumentos complexos, com cabos e encaixes – vários deles muito similares aos dois aparelhos na prateleira atrás dos cilindros.

"Há quatro tipos de instrumento aqui, Wilmarth", sussurrou a voz. "Quatro tipos – com três capacidades cada – fazem 12 peças ao todo. Você pode ver que há quatro categorias de seres, representados naqueles cilindros lá em cima. Três humanos, seis seres fúngicos que não podem navegar pelo espaço de forma corpórea, dois seres de Netuno (Deus! Se você pudesse ver o corpo que esta categoria possui em seu próprio planeta!), e as entidades restantes, provenientes das cavernas centrais de uma estrela obscura especialmente interessante, além da galáxia. No principal posto avançado de Round Hill, você, ocasionalmente, encontrará mais cilindros e máquinas – cilindros de cérebros extracósmicos, com diferentes sentidos de qualquer coisa que conhecemos – aliados e exploradores do mais remoto Exterior –, e máquinas especiais que lhes fornecem impressões e expressões nos diversos modos, adequados, ao mesmo tempo, a eles e à compreensão dos vários tipos de ouvinte. A Round Hill, como a maior parte dos postos avançados desses seres em todos os diversos universos, é um lugar muito cosmopolita. É claro que apenas os tipos mais comuns me foram emprestados, para que eu fizesse experimentações.

"Aqui – pegue aquelas três máquinas e coloque-as na mesa. Aquela mais alta, com as duas lentes de vidro na parte da frente – então, a caixa com os tubos a vácuo e a caixa de ressonância – e, agora, aquela com o disco de metal em seu topo. Agora, o cilindro com a etiqueta 'B-67' colada nele. Suba naquela cadeira Windsor para alcançar a prateleira. Pesado? Não se preocupe! Certifique-se sobre o número – B-67. Não se incomode com aquele cilindro diferente, brilhante, unido aos dois instrumentos de teste – aquele com o meu nome. Coloque o B-67 na mesa, próximo de onde você colocou os outros aparelhos – e veja se a chave de discagem, em todas as três máquinas, está travada na extrema esquerda.

"Agora, conecte o cabo da máquina com as lentes no encaixe superior do cilindro – ali! Ligue o aparelho com o tubo ao encaixe inferior esquerdo e o equipamento com o disco, no encaixe mais afastado. Agora, vire todas as chaves de discagem para a extrema direita – primeiro a da máquina com as lentes, depois a daquela com o disco, e, então, a do tubo. Isso, está certo. Devo lhe dizer também que isto é um ser humano – como qualquer um de nós. Amanhã lhe darei uma amostra de alguns dos outros."

Até hoje não sei por que obedeci àqueles sussurros tão servilmente, nem se acreditava que Akeley estava louco. Depois do que havia acontecido, eu deveria estar preparado para qualquer coisa; no entanto, essa palhaçada mecânica se parecia tanto com os caprichos típicos de inventores e cientistas malucos que me provocou dúvidas que nem mesmo o discurso anterior havia produzido. O que os sussurros de Akeley implicavam estava além de toda a crença humana – no entanto, não estariam as outras coisas ainda mais além, consideradas menos absurdas apenas por se distanciarem de provas concretas e perceptíveis?

Enquanto minha mente rodopiava em meio ao caos, tornei-me

consciente de um chiado, misturado a um zumbido, que vinha de todas as três máquinas recém-conectadas ao cilindro – um chiado e um zumbido que logo se reduziram a um silêncio praticamente completo. O que estava prestes a acontecer? Eu deveria ouvir alguma voz? Em caso afirmativo, que prova teria de que não se tratava de algum aparelho de rádio, habilmente operado por um falante oculto que nos observava de perto? Mesmo agora, não estou disposto a jurar pelo que ouvi, ou pelo fenômeno que realmente aconteceu à minha frente. Mas, de fato, algo pareceu acontecer.

Para ser breve e claro, a máquina com os tubos e a caixa de som começaram a falar, e com tais argumentos e inteligência que não deixavam dúvida de que o orador estava realmente presente, nos observando. Tratava-se de uma voz alta, metálica, sem vida e evidentemente mecânica em cada detalhe de sua produção. Era incapaz de inflexões e de expressividade, mas chiava e retinia com uma precisão e determinação certeiras.

"Sr. Wilmarth", ela dizia, "espero não assustá-lo. Sou um ser humano como você, embora meu corpo esteja agora descansando, em segurança, sob um tratamento revitalizante adequado, dentro de Round Hill, a cerca de 2,5 quilômetros a leste daqui. Eu mesmo estou aqui com você – meu cérebro está neste cilindro, e vejo, ouço e falo através destes vibradores eletrônicos. Dentro de uma semana, atravessarei o vazio, como já o fiz muitas vezes antes, e espero ter o prazer da companhia do sr. Akeley. Gostaria de poder ter a sua companhia também, pois o conheço de vista e reputação, e acompanhei de perto sua correspondência com nosso amigo. Sou, é claro, um dos homens que se tornaram aliados dos seres extraterrestres que visitam nosso planeta. Conheci-os, pela primeira vez, no Himalaia, e ajudei-os de diversas maneiras. Em troca, eles me proporcionaram experiências como as que poucos homens já vivenciaram.

"Você compreende o que significa quando digo que estive em 37 corpos celestes diferentes – planetas, estrelas negras e objetos menos definidos –, incluindo oito fora de nossa galáxia e dois fora das curvas do cosmos de espaço e tempo? Nada disso me prejudicou, nem um pouco. Meu cérebro foi removido de meu corpo por cortes tão habilidosos que seria rude chamar a operação de cirurgia. Esses seres visitantes possuem métodos que tornam essas extrações algo simples e quase trivial – e os corpos nunca envelhecem quando o cérebro está fora deles. Este órgão, devo acrescentar, é praticamente imortal, com suas habilidades mecânicas e uma alimentação limitada abastecidas por trocas ocasionais do fluido conservante.

"Considerando tudo, espero, com entusiasmo, que você decida vir comigo e com o sr. Akeley. Os visitantes estão ansiosos para conhecer homens inteligentes como você, e para revelar os grandes abismos com os quais a maioria de nós apenas sonhou com uma ignorância fantasiosa. No início, pode parecer estranho conhecê-los, mas sei que você não se incomodará com isso. Acredito que o sr. Noyes irá conosco, também – o homem que, sem dúvida, o trouxe para cá em seu carro. Ele é um de nós há anos – suponho que você tenha reconhecido a voz dele como uma daquelas presentes na gravação que o sr. Akeley lhe enviou."

Diante de meu violento sobressalto, o orador pausou por um momento, antes de concluir. "Então, sr. Wilmarth, vou deixar que pense no assunto; apenas acrescento que um homem com o seu amor pela estranheza e pelo folclore jamais deveria perder uma chance como esta. Não há nada a temer. Todas as transições são indolores; e há muito para aproveitar em um estado de sensação completamente mecanizado. Quando os eletrodos estão desconectados, caímos em um sono de sonhos especialmente vívidos e fantásticos.

"E, agora, se não se importar, podemos adiar nossa sessão até amanhã. Boa noite – apenas vire todas as chaves de volta para esquerda; não se importe com a ordem exata, embora você possa deixar a da máquina com as lentes por último. Boa noite, sr. Akeley – trate bem o nosso convidado! Tudo pronto com as chaves?"

Isso foi tudo. Obedeci mecanicamente e desliguei todos os três interruptores, embora estivesse atordoado com a dúvida de que tudo aquilo houvesse, de fato, acontecido. Minha cabeça ainda estava rodando quando ouvi a voz sussurrante de Akeley, dizendo que eu podia deixar todos os aparelhos sobre a mesa, como estavam. Ele não fez nenhum comentário sobre o que havia acontecido, e, de fato, nenhum comentário poderia transmitir muito às minhas faculdades sobrecarregadas. Escutei-o dizer que eu poderia levar a lamparina para meu quarto, e deduzi que ele gostaria de descansar sozinho no escuro. Certamente, era hora de ele descansar, pois seus discursos da tarde e da noite foram tais que esgotariam até mesmo um homem vigoroso. Ainda atordoado, desejei boa noite a meu anfitrião e fui para o andar de cima com a lamparina, embora tivesse uma excelente lanterna de bolso comigo.

Estava contente por sair daquele escritório no piso inferior, com seu estranho odor e as vagas sugestões de vibrações; contudo, eu não podia, é claro, escapar de uma sensação horrenda de pavor, perigo e anormalidade cósmica ao pensar no lugar em que me encontrava e nas forças que estava conhecendo. A região selvagem e isolada, a encosta obscura, misteriosamente florestada, elevando-se logo atrás da casa, tão próxima; a pegada na estrada, o homem doente e inerte que sussurrava nas trevas e, acima de tudo, todos os convites para uma estranha cirurgia e para estranhas viagens – essas coisas, todas tão novas e em tal sucessão repentina, invadiram-me com uma força cumulativa, que minou minha determinação e quase abalou minha força física.

Descobrir que meu guia Noyes era o celebrante humano naquele monstruoso ritual do Sabá registrado na gravação fonográfica foi um choque em particular, embora eu já tivesse detectado uma vaga e repulsiva familiaridade em sua voz. Outro choque, em especial, veio da minha própria atitude em relação a meu anfitrião, sempre que eu parava para analisá-lo. Por mais que tivesse, instintivamente, gostado de Akeley, do modo como se revelou em suas cartas, descobri que, agora, ele me enchia de uma distinta repulsa. Sua doença deveria ter me provocado pena; mas, em vez disso, me dava uma espécie de calafrio. Ele estava tão rígido, imóvel e cadavérico – e aquele sussurro incessante era tão detestável e inumano!

Ocorreu-me que esses sussurros eram diferentes de qualquer outra coisa que eu já havia escutado; e que, apesar da curiosa imobilidade dos lábios, cobertos pelos bigodes, do orador, possuíam uma força latente e um poder de propagação surpreendente para ser o arfar de um asmático. Eu tinha sido capaz de compreender sua fala quando estava do lado completamente oposto do escritório, e, uma ou duas vezes, me pareceu que os sons fracos, mas penetrantes representavam não tanto fraqueza, mas uma calculada repressão – por uma razão que eu não conseguia imaginar. De início, senti uma característica perturbadora em seu timbre. Agora, quando tentava refletir sobre a questão, pensei que podia conectar essa impressão a um tipo de familiaridade subconsciente, como aquela que havia tornado a voz de Noyes tão nebulosamente agourenta. No entanto, quando ou onde eu havia deparado com aquilo insinuado pelos sussurros era algo ia além do que eu poderia dizer.

Uma coisa era certa – eu não passaria outra noite ali. Meu entusiasmo científico havia desaparecido em meio ao medo e à aversão, e não senti nada a não ser um desejo de fugir dessa rede de morbidez e revelações anormais. Agora sabia o suficiente. De fato, devia ser verdade que estranhas ligações cósmicas existissem – mas, sem dúvida, seres humanos normais não deveriam se envolver com tais coisas.

Influências blasfemas pareciam me cercar e pressionar meus sentidos, como que os estrangulando. Dormir, eu decidi, estaria fora de questão, então apenas apaguei a lamparina e joguei-me na cama, completamente vestido. Não duvido de que fosse absurdo, mas me mantive preparado para qualquer emergência desconhecida, agarrando, com minha mão direita, o revólver que trouxera, e segurando a lanterna de bolso, com a esquerda. Nenhum som veio do andar debaixo, e pude imaginar como meu anfitrião estava sentado ali, com uma rigidez cadavérica, no escuro.

Em algum lugar, ouvi o tique-taque de um relógio, e fiquei ligeiramente grato pela normalidade do som. Ele me lembrou, porém, de outra coisa que me perturbava sobre a propriedade – a total ausência de vida animal. Certamente, não havia nenhum animal de fazenda por ali; e, agora, eu percebia que mesmo os sons noturnos costumeiros dos seres selvagens estavam ausentes. Exceto pelo sinistro gotejar de águas distantes e ocultas, a quietude era anormal – interplanetária –, e perguntei-me que praga estelar e imaterial poderia estar pairando pela região. Lembrei-me de velhas lendas que contavam que cães e outros bichos sempre haviam odiado as Criaturas Siderais, e pensei sobre o que aqueles rastros na estrada poderiam significar.

Capítulo 8

Não me pergunte quanto tempo durou meu inesperado lapso rumo ao sono, ou quanto do que se sucedeu foi puro sonho. Se eu lhe disser que acordei em determinada hora, e vi e ouvi certas coisas, você apenas responderá que, então, eu não havia acordado; e que tudo fora um sonho, até o momento em que saí correndo da casa, tropecei para dentro do galpão em que vira o velho Ford e me apoderei do antigo veículo – saindo em uma louca corrida sem direção pelas colinas mal-assombradas, que, enfim, me levaram – após horas de trancos e curvas pelos labirintos da floresta ameaçadora – a um vilarejo que acabei descobrindo ser Townshend.

Você também irá, é claro, desconsiderar tudo o mais em meu relato; e irá declarar que todas as imagens, as vozes gravadas e os sons do cilindro e das máquinas, e as evidências afins, eram pedaços de uma simples peça pregada em mim pelo desaparecido Henry Akeley. Você irá até sugerir que ele havia conspirado com outros excêntricos para realizar uma farsa tola e elaborada, que ele mandara remover o envio expresso em Keene e que fizera Noyes gravar aquela terrível gravação em disco de cera. É estranho, porém, que Noyes jamais tenha sido identificado; que fosse desconhecido em qualquer um dos vilarejos próximos à casa de Akeley, embora devesse frequentar a região. Gostaria de ter me lembrado de memorizar o número da placa de seu carro – ou talvez seja melhor que, afinal de contas, eu não o tenha feito. Pois, apesar de tudo o que você possa dizer, e apesar de tudo o que às vezes tento dizer a mim mesmo, sei que aquelas abomináveis influências exteriores devem estar à espreita, naquelas colinas quase desconhecidas – e que essas influências têm espiões e emissários no mundo dos homens. Manter-se o mais longe possível delas é tudo o que peço da vida no futuro.

Quando minha louca história acabou por enviar um grupo de xerifes até a fazenda, Akeley havia desaparecido, sem deixar pistas. Seu roupão folgado, o lenço amarelo e as ataduras que usava nos pés estavam no chão do escritório, próximo da poltrona do canto, e não foi possível concluir se outras de suas roupas haviam sumido com ele. Os cães e os outros animais haviam, de fato, desaparecido, e havia algumas curiosas marcas de bala, tanto no exterior da casa como em algumas paredes do lado de dentro; mas, além disso, nada incomum foi detectado. Nenhum cilindro ou máquina, nenhuma das evidências que eu trouxera na minha mala, nenhum cheiro estranho nem sensação de vibração, nenhuma pegada na estrada e nenhuma das coisas problemáticas que eu tinha vislumbrado nos últimos momentos.

Fiquei por uma semana em Brattleboro, depois de minha fuga, investigando entre todo tipo de pessoas que haviam conhecido

Akeley; e os resultados me convenceram de que a questão não era fruto de sonhos nem de alucinações. As estranhas compras de cachorros, munição e produtos químicos por Akeley e o corte de seus cabos telefônicos estavam registrados; enquanto todos os que o conheciam – incluindo seu filho, na Califórnia – admitiram que seus comentários ocasionais sobre estranhos estudos tinham certa consistência. Cidadãos confiáveis acreditam que ele era louco e, sem hesitação, declaravam que todas as supostas evidências eram meras farsas, elaboradas com uma esperteza insana, talvez com o auxílio de colegas excêntricos; no entanto, o povo mais humilde do campo sustenta suas declarações em cada detalhe. Akeley havia mostrado suas fotografias e a pedra negra a algumas dessas pessoas ignorantes, e havia reproduzido a horrível gravação para elas; e todas disseram que as pegadas e a voz em zumbido eram como aquelas descritas nas lendas ancestrais.

Disseram, também, que visões e sons suspeitos eram notados com frequência cada vez maior nos entornos da casa de Akeley, depois que ele havia encontrado a pedra negra, e que o lugar passara a ser evitado por todos, exceto pelo carteiro e por visitantes casuais, mais determinados. A Montanha Negra e a Round Hill eram lugares notoriamente mal-assombrados, e não encontrei ninguém que os tivesse explorado de modo mais profundo. Desaparecimentos ocasionais de nativos, ao longo da história do distrito, eram bastante conhecidos, e estes agora incluíam o meio vadio Walter Brown, mencionado nas cartas de Akeley. Deparei até mesmo com um fazendeiro que acreditava ter vislumbrado pessoalmente um dos corpos estranhos, na época das inundações do transbordante rio West, mas sua história era confusa demais para ser de fato valiosa.

Quando deixei Brattleboro, resolvi que nunca mais voltaria a Vermont, e tenho certeza de que cumprirei minha resolução. Aquelas colinas selvagens são, certamente, o posto avançado de uma assustadora raça cósmica – fato do qual duvido ainda menos desde que li que um novo nono planeta foi vislumbrado além de

Netuno, exatamente como aquelas influências disseram que seria. Os astrônomos, com uma conveniência horrenda da qual pouco suspeitavam, nomearam esse objeto de "Plutão". Sinto, sem dúvida, que não é nada menos que o obscuro Yuggoth – e estremeço quando tento compreender a verdadeira razão pela qual seus monstruosos habitantes desejaram que ele fosse descoberto dessa maneira, nesse exato momento. Em vão, tento me assegurar de que essas criaturas demoníacas não estejam introduzindo, gradualmente, alguma nova política nociva à terra e a seus habitantes comuns.

Mas ainda preciso contar o fim daquela terrível noite na fazenda. Como disse, finalmente caí num sono turbulento; um sono cheio de sonhos, que envolviam monstruosos vislumbres de paisagens. Exatamente o que me despertou ainda não consigo dizer, mas me tenho certeza de que acordei naquele dado momento. Minha primeira confusa impressão foi a de ouvir as tábuas rangendo disfarçadamente no assoalho do corredor, do outro lado da porta, e o som abafado de um movimento desajeitado no trinco. Essa sensação, porém, cessou quase imediatamente, de modo que minhas impressões realmente nítidas se iniciaram com as vozes ouvidas no escritório, no andar debaixo. Parecia haver várias pessoas falando, e achei que se envolviam em alguma discussão.

Depois de ter ouvido a conversa por alguns segundos, eu já estava bem acordado, pois a natureza das vozes era tal que tornava ridículo pensar em voltar a dormir. Os tons eram curiosamente variados, e ninguém que tivesse escutado aquela gravação fonográfica amaldiçoada poderia nutrir qualquer dúvida sobre a natureza de pelo menos duas daquelas vozes. Embora a ideia fosse terrível, eu sabia que me encontrava sob o mesmo teto que as criaturas inomináveis do espaço abismal; pois aquelas duas vozes eram, evidentemente, os zumbidos blasfemos que as Criaturas Siderais usavam em sua comunicação com os homens. As duas eram individualmente diferentes – no tom, no sotaque e no ritmo –, mas eram ambas do mesmo tipo maldito.

Uma terceira voz, sem dúvida, era de uma máquina falante mecânica, conectada a um dos cérebros nos cilindros. Sobre isso havia tão pouca dúvida como no caso dos zumbidos; pois a voz alta, metálica e sem vida da noite anterior, com sua ausência de entonação e expressividade, com seus chiados e retinidos, e sua imprecisão e seu propósito impessoais, havia sido absolutamente inesquecível. Por um tempo, não parei para questionar se a inteligência por trás dos chiados era idêntica à que anteriormente falara comigo; no entanto, pouco tempo depois, refleti que qualquer cérebro emitiria sons vocais com as mesmas características se estivesse conectado a um mesmo produtor de fala mecânico; as únicas diferenças possíveis seriam as de linguagem, ritmo, velocidade e pronúncia. Para completar a conferência sobrenatural, havia duas vozes de fato humanas – uma delas, a fala rude de um homem desconhecido e evidentemente rústico, e a outra representada pelos suaves tons bostonianos de meu antigo guia, Noyes.

Enquanto tentava entender as palavras que o robusto piso abafava de modo tão desnorteante, também percebi uma grande agitação, com o arranhar e o arrastar de pés no escritório abaixo; de modo que não pude deixar de pensar de que o local estava repleto de seres vivos – muitos mais do que os poucos cuja fala eu havia distinguido. A natureza exata dessa agitação é extremamente difícil de descrever, pois existem pouquíssimas bases de comparação. Objetos pareciam, vez ou outra, mover-se pelo cômodo, como entidades conscientes; havia algo sobre os ruídos de seus passos que lembrava um retinido indistinto sobre uma superfície dura – como o do contato de superfícies mal encaixadas de um material como aquele dos chifres com borracha dura. Comparando de modo mais concreto, porém menos preciso, era como se pessoas usando sapatos folgados de madeira lascada arrastassem os pés e sacolejassem sobre o assoalho polido de tábuas. Sobre a natureza e a aparência dos responsáveis por aqueles sons não me importei em especular.

Logo percebi que seria impossível distinguir qualquer discurso articulado. Palavras isoladas – incluindo o nome de Akeley e o meu – flutuavam de vez em quando, especialmente quando pronunciadas pelo produtor de falas mecânico; mas seu verdadeiro significado se perdia, por falta de contexto contínuo. Hoje me recuso a elaborar qualquer dedução definitiva sobre elas, e até mesmo seu efeito assustador sobre mim era mais sugestivo que revelador. Um terrível e anormal conclave, eu estava certo, reunia-se logo abaixo de onde estava; mas por quais chocantes propósitos eu não podia dizer. Era curioso como essa sensação inquestionável do maligno e do blasfemo me impregnava, apesar da garantia de Akeley sobre a cordialidade dos Siderais.

Ouvindo pacientemente, comecei a identificar as vozes, de modo claro, embora não conseguisse entender muito bem o que cada uma delas dizia. Eu parecia captar certas emoções típicas de alguns falantes. Uma das vozes em zumbido, por exemplo, carregava uma nota evidente de autoridade; já a voz mecânica, apesar do volume e da regularidade artificiais, parecia estar numa posição de subordinação e de súplica. Os tons de Noyes apresentavam um tipo de atmosfera conciliatória. Sobre os outros, não tentei interpretá-los. Não ouvi o sussurro familiar de Akeley, mas bem sabia que tal som nunca poderia penetrar através do sólido assoalho do meu quarto.

Tentarei registrar algumas das poucas palavras desarticuladas e outros sons que captei, identificando os falantes da melhor maneira possível. Foi do produtor de falas que primeiro detectei algumas frases compreensíveis.

(Produtor de falas)

*"...trouxe-o para mim... mandei de volta as cartas
e a gravação... acabei com isso... levado... vendo
e ouvindo... maldito seja... uma força impessoal,
afinal... cilindro novo e brilhante... bom Deus..."*

(Primeira voz em zumbido)

"...a hora em que paramos... pequeno e humano... Akeley... cérebro... dizendo..."

(Segunda voz em zumbido)

"Nyarlathotep... Wilmarth... gravações e cartas... mentira barata..."

(Noyes)

"...(uma palavra ou nome impronunciável, possivelmente N'gah-Kthun) inofensivo... paz... duas semanas... teatral... já lhe disse isso..."

(Primeira voz em zumbido)

"...nenhuma razão... plano original... efeitos... Noyes pode vigiar a Round Hill... novo cilindro... o carro de Noyes..."

(Noyes)

"...bem... todo seu... aqui embaixo... descanso... lugar..."

(Diversas vozes simultâneas, em falas indistinguíveis)

(Muitos passos, incluindo os peculiares sons de pés se arrastando e sacolejando)

(Um curioso tipo de som, como o de asas batendo)

(O som de um automóvel dando partida e saindo de ré)

(Silêncio)

Essa é a essência do que meus ouvidos captaram enquanto eu estava deitado, rígido, sobre a estranha cama no andar superior, na fazenda mal-assombrada, em meio às demoníacas colinas – fiquei deitado ali, completamente vestido, agarrado a um revólver com a mão direita e a uma lanterna de bolso com a esquerda. Estava, como disse, totalmente desperto; mas uma espécie de paralisia obscura me manteve inerte, até muito tempo depois de os últimos ecos dos sons terem enfraquecido. Ouvi o tique-taque determinado e inexpressivo do antigo relógio Connecticut, em algum lugar bem lá embaixo, e finalmente identifiquei o ronco irregular de alguém dormindo. Akeley deve ter cochilado depois da estranha reunião, e eu bem pude acreditar que ele precisava disso.

Exatamente o que pensar ou fazer era mais do que eu podia decidir. Afinal de contas, o que havia escutado além de coisas que as informações prévias já poderiam ter-me levado a presumir? Eu já não sabia que os inomináveis Siderais eram agora bem-vindos na fazenda? Sem dúvida, Akeley fora surpreendido por uma visita inesperada deles. Entretanto, algo naqueles fragmentos de discurso me apavorou imensamente, elevando as mais horríveis e grotescas dúvidas e me fazendo desejar, com todas as forças, que eu acordasse e descobrisse que tratava-se de um sonho. Acredito que meu subconsciente deva ter captado algo que minha consciência ainda não havia reconhecido. Mas e Akeley? Ele não era meu amigo, e não teria protestado se algum mal me estivesse destinado? O ronco tranquilo, abaixo, parecia ridicularizar todos os meus medos repentinamente intensificados.

Seria possível que tivessem tirado vantagem de Akeley e usado-o como isca para me atrair às colinas com as cartas, as fotografias e a gravação fonográfica? Será que aqueles seres pretendiam nos afundar em uma destruição comum, porque sabíamos demais? Novamente, pensei em quão brusca e artificial era aquela mudança na situação, que deve ter ocorrido entre as duas últimas cartas de Akeley. Meu instinto me dizia que algo estava terrivelmente errado. Nada era o que parecia ser. Aquele café azedo que recusei – não teria havido uma tentativa, de alguma entidade oculta e desconhecida, em drogá-lo? Eu precisava falar com Akeley imediatamente, e restaurar seu bom senso. Ele havia sido hipnotizado com promessas de revelações cósmicas, mas agora precisava ouvir a razão. Devemos escapar antes que seja tarde demais. Se lhe faltasse força de vontade de fugir pela liberdade, eu lha forneceria. Ou, se eu não conseguisse persuadi-lo a ir embora, poderia, pelo menos, ir eu mesmo. Certamente, ele me emprestaria seu Ford, e eu o deixaria em um estacionamento em Brattleboro. Eu havia notado o veículo no galpão – a porta se encontrava destrancada e aberta, agora que o perigo era considerado parte do passado –, e pensei que havia uma boa chance de ele estar preparado para uso imediato. Aquela aversão momentânea que eu tinha sentido por Akeley, durante e depois da conversa daquela noite, havia desaparecido completamente. Ele estava numa posição muito similar à minha, e deveríamos ficar juntos. Sabendo de sua condição indisposta, odiei ter de acordá-lo naquelas circunstâncias, mas sabia que era necessário. Não poderia ficar nesse lugar até a manhã seguinte do jeito que as coisas estavam.

Finalmente, senti-me capaz de agir, e alonguei-me vigorosamente, para recuperar o comando dos músculos. Levantando-me, com um cuidado mais impulsivo que proposital, encontrei e vesti meu chapéu, peguei minha mala e me precipitei em direção ao andar de baixo, com o auxílio da lanterna. Em meio ao nervosismo, mantive o revólver firme na mão direita, ainda apto a segurar tanto a mala como a lanterna com a mão esquerda. Porque tomei essas precauções eu realmente não sei, pois estava, então, a caminho de acordar o único outro ocupante da casa.

Enquanto descia a escada rangente, quase na ponta dos pés, em direção ao corredor inferior, pude ouvir mais claramente o homem dormindo, e notei que ele devia estar no cômodo à minha esquerda – a sala em que eu não havia entrado. À minha direita, estavam as trevas escancaradas do escritório, de onde tinham vindo as vozes. Ao abrir a porta destrancada da sala, tracei um caminho, com a lanterna, em direção à fonte dos roncos. Finalmente, direcionei os feixes de luz para o rosto da pessoa que dormia; mas, no segundo seguinte, desviei-os rapidamente para longe, e, como um felino, comecei a recuar para o corredor, dessa vez com minha cautela brotando tanto da razão como do instinto. Pois quem dormia no sofá não era Akeley, mas meu antigo guia, Noyes.

Exatamente qual era a situação eu não pude imaginar; no entanto, o bom senso me disse que a coisa mais segura a fazer era descobrir o máximo possível, antes de acordar qualquer pessoa. Retornando ao corredor, silenciosamente fechei e tranquei a porta da sala atrás de mim, diminuindo, assim, as chances de despertar Noyes. Então, entrei com cuidado no escuro escritório, onde esperava encontrar Akeley, dormindo ou acordado, em sua enorme poltrona de canto, que era, evidentemente, seu lugar favorito de descanso. Enquanto eu avançava, os raios da lanterna iluminaram a grande mesa de centro, revelando um dos cilindros infernais, com as máquinas de visão e audição conectadas, próximo ao produtor de fala, pronto para ser ligado a qualquer momento. Este, refleti, devia ser o cérebro encapsulado que eu tinha ouvido durante a assustadora conferência; e, por um segundo, tive o impulso perverso de ligar o produtor de fala e ver o que ele diria.

Ele devia, pensei, estar consciente da minha presença, mesmo agora, já que os aparelhos de visão e audição não falhariam em exibir os raios de luz de minha lanterna e o fraco rangido no assoalho abaixo de meus pés. Mas, no fim, não ousei mexer com a coisa. Por acaso, vi que aquele era o cilindro novo e brilhante etiquetado com o nome de Akeley, que eu havia notado na prateleira mais cedo naquela noite, e que meu anfitrião pediu que eu ignorasse. Hoje, ao relembrar o momento, posso apenas lamentar minha timidez e desejar que eu tivesse me atrevido a acionar a máquina e a feito falar. Deus sabe que mistérios e horríveis dúvidas e questões de identidade ela poderia ter esclarecido! Mas, talvez, tenha sido uma sorte que a houvesse deixado desligada.

Da mesa, virei minha lanterna para o canto em que pensei que Akeley estivesse, mas, para meu espanto, encontrei a enorme poltrona desocupada de qualquer ser humano, dormindo ou desperto. Do assento para o assoalho, estendia-se, volumosamente, o familiar e velho roupão, e perto dele, no chão, encontravam-se o lenço amarelo e as enormes ataduras para os pés, que eu achara tão estranhas. Enquanto hesitava, me empenhando em imaginar onde Akeley poderia estar, e por que teria, tão repentinamente, abandonado suas indispensáveis roupas de enfermo, observei que o estranho odor e a sensação de vibração não estavam mais presentes no escritório. O que os teria provocado? Curiosamente, ocorreu-me que eu os havia sentido somente quando estava próximo de Akeley. Eram mais fortes onde meu anfitrião se sentava, e totalmente ausentes assim que ele saía do cômodo. Parei, deixando que a lanterna vagasse pelo escritório escuro, quebrando a cabeça e buscando explicações sobre aquela reviravolta.

Como desejo ter saído daquele lugar em silêncio, antes de ter permitido que a luz descansasse novamente sobre a poltrona vazia. Acabou que, por fim, não saí de lá silenciosamente, mas sim com um grito agudo, abafado, que deve ter perturbado, embora não exatamente despertado, a sentinela adormecida do outro lado do corredor. Aquele grito agudo e o ronco ainda constante de Noyes foram os últimos sons que ouvi naquela fazenda repleta de morbidez, sob o pico coberto de florestas negras da montanha assombrada – o foco do horror transcósmico em meio às isoladas colinas verdejantes e riachos que sussurravam maldições de uma terra rústica espectral.

É surpreendente que eu não tenha derrubado a lanterna, a mala e o revólver em minha correria desvairada, mas, de algum modo, não perdi nenhum deles. Eu realmente consegui sair daquele quarto e daquela casa sem fazer mais barulho algum. Consegui arrastar a mim e meus pertences em segurança até o velho carro no galpão, e colocar o arcaico veículo em movimento, em direção a algum desconhecido ponto de segurança na noite escura, sem luar. A corrida que se seguiu foi uma obra de delírio como os de Poe ou Rimbaud, ou dos desenhos de Doré, mas, finalmente, cheguei a Townshend. E isso é tudo. Se minha sanidade ainda está inabalada, sou sortudo. Às vezes temo o que os anos nos reservam, especialmente agora que aquele novo planeta, Plutão, foi descoberto de forma tão curiosa.

Como havia dito, deixei que a luz de minha lanterna retornasse à poltrona vazia, depois de vagar pelo cômodo; e então notei, pela primeira vez, a presença no assento de certos objetos, imperceptíveis junto às dobras folgadas do roupão vazio, ao lado. Esses são os objetos, três no total, que os investigadores não encontraram quando chegaram mais tarde. Como disse no início, não havia nenhum verdadeiro horror visual sobre eles. O problema estava no que poderiam levar a deduzir. Mesmo agora, tenho meus momentos de quase dúvida – momentos nos quais quase aceito a incredulidade daqueles que atribuem toda a minha experiência aos sonhos, aos nervos e a alucinações.

Os três objetos eram esculturas abominavelmente hábeis de sua espécie, equipadas com engenhosos grampos metálicos que as ligavam a expansões orgânicas, sobre as quais não ouso elaborar nenhuma hipótese. Espero – espero sinceramente – que fossem os produtos de cera de um grande artista, apesar do que meus medos mais secretos me dizem. Santo Deus! Aquele que sussurrava nas trevas, com seu odor e suas vibrações mórbidas! Feiticeiro, emissário, vira-casaca, forasteiro... aquele horrendo zumbido reprimido... e o tempo todo naquele cilindro novo e brilhante na prateleira... pobre diabo... "Prodigiosas habilidades cirúrgicas, biológicas, químicas e mecânicas..."

Os objetos na poltrona, perfeitos até o último detalhe, sutis na semelhança microscópica – ou na identidade –, eram o rosto e as mãos de Henry Wentworth Akeley.

A Maldição de Sarnath

Existe na terra de Mnar um lago enorme e calmo, que não é alimentado por nenhum riacho e do qual também não corre nenhum corpo d'água. Dez mil anos atrás, situava-se em sua margem a poderosa cidade de Sarnath, mas Sarnath não existe mais.

Conta-se que, nos anos imemoriais, quando o mundo era jovem, antes mesmo que os homens de Sarnath chegassem à terra de Mnar, outra cidade ficava junto ao lago; a cidade de pedra cinzenta de Ib, que era tão antiga quanto o próprio lago e povoada por seres desagradáveis ao olhar. Muito estranhos e feios eram aqueles seres, como de fato é a maioria dos seres de um mundo ainda primário e grosseiramente construído. Está escrito, nos tijolos cilíndricos de Kadatheron, que os seres de Ib eram, em coloração, tão verdes quanto o lago e a névoa que dele emanava; que eles tinham olhos esbugalhados, lábios flácidos e salientes, e ouvidos curiosos, porém não possuíam voz. Também está escrito que desceram da lua, certa noite, em uma bruma – eles, e o lago enorme e calmo, e a cidade de pedra cinzenta de Ib. Seja como for, é certo que veneravam um ídolo de pedra verde-água – esculpido à semelhança de Bokrug, o grande lagarto aquático –, à frente do qual dançavam horrivelmente quando a lua estava quase cheia. E está escrito, no papiro de Ilarnek, que eles um dia descobriram o fogo e, dali em diante, acendiam chamas em muitas ocasiões cerimoniais. Mas não há muito escrito sobre esses seres, pois eles viveram em tempos muito remotos, e o homem é jovem e não sabe quase nada sobre as coisas vivas de antigamente.

Depois de muitas eras, homens vieram para a terra de Mnar, pastores de pele escura, com seus rebanhos felpudos, e que construíram Thraa, Ilarnek e Kadatheron, junto ao sinuoso rio de Ai. E certas tribos, mais resistentes que as outras, prosseguiram até as margens do lago e ergueram Sarnath, num local em cuja terra se encontravam metais preciosos.

Não foi longe da cinzenta cidade de Ib que as tribos nômades assentaram as primeiras pedras de Sarnath e se maravilharam enormemente com os seres de Ib. No entanto, havia ódio misturado com sua admiração, pois não achavam certo que seres de tal aspecto andassem pelo mundo dos homens ao cair da noite. Também não gostavam das estranhas esculturas sobre os cinzentos monólitos de Ib, pois a razão de aquelas esculturas terem permanecido tanto tempo no mundo, mesmo até a chegada dos homens, ninguém sabia dizer; a não ser que fosse porque a terra de Mnar é muito calma e distante da maior parte das outras terras, tanto em vigília como em sonhos.

À medida que os homens de Sarnath mais observavam os seres de Ib, seu ódio crescia, e este não foi menor, pois descobriram que os seres eram fracos e moles como geleia ao contato de pedras e flechas. Então, um dia os jovens guerreiros, os atiradores, os lanceiros e os arqueiros marcharam contra Ib e massacraram todos os seus habitantes, empurrando os estranhos corpos para dentro do lago com longas lanças, pois não queriam tocá-los. E, porque não gostavam dos monólitos cinzentos esculpidos de Ib, eles também os lançaram na água, imaginando quão grande deve ter sido o trabalho de trazer as pedras de tão longe, já que não há nada como elas na terra de Mnar, nem nas terras vizinhas.

Assim, da antiquíssima cidade de Ib nada foi poupado, exceto o ídolo de pedra verde-água esculpido à semelhança de Bokrug, o lagarto aquático. Este os jovens guerreiros trouxeram consigo, como um símbolo da conquista sobre os velhos deuses e seres de Ib, e como um símbolo de liderança em Mnar. Mas, na noite seguinte àquela em que ele foi instalado no templo, algo terrível deve ter acontecido. Pois luzes estranhas foram vistas sobre o lago, e, ao amanhecer, as pessoas descobriram que o ídolo havia desaparecido e que o sumo sacerdote Taran-Ish jazia morto, como em razão de algum medo indescritível. E, antes de morrer, Taran-Ish havia rabiscado no altar de crisólito, com traços tremidos e grosseiros, o sinal de MALDIÇÃO.

Depois de Taran-Ish, houve muitos sumos sacerdotes em Sarnath, mas o ídolo de pedra verde-água nunca foi encontrado. E muitos séculos vieram e se foram, nos quais Sarnath prosperou extremamente, de modo que apenas sacerdotes e velhas mulheres se lembravam do que Taran-Ish havia rabiscado sobre o altar de crisólito. Entre Sarnath e a cidade de Ilarnek, formou-se uma rota de caravana, e os metais preciosos da terra foram trocados por outros metais, por tecidos raros, joias, livros e ferramentas para artesãos, e todas as coisas de luxo que são conhecidas pelas pessoas que vivem junto ao sinuoso rio Ai e além. Então, Sarnath cresceu poderosa, erudita e bela, e enviou exércitos conquistadores para dominar as cidades vizinhas; e, com o tempo, os reis de toda a terra de Mnar e de muitas terras vizinhas ocuparam tronos em Sarnath.

A maravilha do mundo e o orgulho de toda a humanidade era Sarnath, a magnífica. De mármore extraído do deserto e polido eram suas paredes, com 300 côvados[3] de altura e 75 de largura, de modo que bigas poderiam se cruzar quando os homens as conduziam rumo ao topo. Por 500 estádios inteiros, e estes eram abertos apenas do lado de frente para o lago, em que um quebra-mar de pedra verde mantinha afastadas as ondas, que se elevavam, de modo estranho, uma vez por ano, no festival da destruição de Ib. Em Sarnath, havia 50 ruas que se estendiam do lago até os portões das caravanas, e 50 outras que as cruzavam. Com pedra ônix elas eram pavimentadas, a não ser aquelas sobre as quais os cavalos, os

---

3 Cerca de 140 metros. (N. da T.)

camelos e os elefantes caminhavam, cujo piso era de granito. E os portões de Sarnath eram tantos quanto as extremidades das ruas em direção à terra, todas de bronze e margeadas por figuras de leões e elefantes esculpidos em alguma pedra hoje desconhecida pelos homens. As casas de Sarnath eram de tijolos vitrificados e de calcedônia, cada uma com seus jardins murados e um pequeno lago cristalino. Com estranhas artes elas eram construídas, pois nenhuma outra cidade possuía casas como aquelas; e os viajantes de Thraa, Ilarnek e Kadatheron se impressionavam com as cúpulas brilhantes que as coroavam.

Mas ainda mais esplêndidos eram os palácios, templos e jardins feitos por Zokkar, o antigo rei. Havia muitos palácios, os últimos dos quais eram mais imponentes que qualquer um em Thraa, ou Ilarnek, ou Kadatheron. Tão enormes eram que alguém, dentro deles, poderia, às vezes, imaginar-se sob o céu; contudo, quando eram acesas as tochas mergulhadas no óleo de Dother, suas paredes revelavam grandes pinturas de reis e exércitos, de um esplendor ao mesmo tempo inspirador e extasiante para quem os contemplasse. Muitas eram as colunas dos palácios, todas de mármore tingido e esculpidas com desenhos de beleza insuperável. E, na maioria dos palácios, os pisos eram mosaicos de berilo, lápis-lazúli, sardônica, granada vermelha e outros materiais de boa qualidade, dispostos de tal forma que o observador poderia se imaginar andando sobre leitos das mais raras flores. E havia também fontes que lançavam águas perfumadas ao redor, em agradáveis esguichos artisticamente arranjados. Ofuscando todos os outros estava o palácio dos reis de Mnar e das terras vizinhas. Sobre um par de leões dourados, agachados, situava-se o trono, muitos degraus acima do piso reluzente. E este era esculpido em apenas uma pedra de marfim, embora nenhum ser vivente saiba de onde uma peça tão grande poderia ter vindo. Naquele palácio havia também muitas galerias e muitos anfiteatros, nos quais leões, homens e elefantes se enfrentavam para o prazer dos reis.

Às vezes, os anfiteatros eram inundados de água transportada dos lagos em gigantescos aquedutos, e, então, eram encenadas empolgantes lutas aquáticas, ou combates entre nadadores e coisas marinhas mortais.

Elevados e maravilhosos eram os 17 templos, em forma de torres de Sarnath, construídos de uma pedra brilhante e multicolorida desconhecida em qualquer outro lugar. Com a altura de 1000 côvados[4], erguia-se o maior deles, no qual os sumos sacerdotes viviam, em magnificência pouco menor que aquela dos reis. No térreo havia saguões tão vastos e esplêndidos como aqueles dos castelos, nos quais se reuniam multidões em adoração a Zo-Kalar, Tamash e Lobon, os principais deuses de Sarnath, cujos santuários, envoltos em incenso, eram como os dos tronos dos monarcas. Diferentes dos ícones dos outros deuses eram aqueles de Zo-Kalar, Tamash e Lobon. Pois tão vívidos eram eles que era possível jurar que se tratavam dos próprios deuses, elegantes e barbados, sentados nos tronos de marfim. E, no topo dos intermináveis degraus de zircônio, encontravam-se a torre e sua câmara, da qual os sumos sacerdotes observavam a cidade, as planícies e o lago, durante o dia; e a lua enigmática, e importantes estrelas e planetas e seus reflexos no lago, durante a noite. Ali era realizado o rito muito secreto e antigo de ódio a Bokrug, o lagarto aquático, e ali ficava o altar de crisólito que carregava a Maldição – os garranchos de Taran-Ish.

Igualmente maravilhosos eram os jardins criados por Zokkar, o antigo rei. No centro de Sarnath, eles cobriam uma grande área e eram cercados por um enorme muro. Eram cobertos por uma imensa cúpula de vidro, através da qual brilhavam o sol, a lua e os planetas, quando o céu estava límpido, e na qual eram penduradas imagens radiantes do sol, da lua e dos planetas, quando estava

---

4   Cerca de 450 metros. (N. da T.)

nublado. No verão, os jardins eram resfriados por brisas frescas e perfumadas, habilmente produzidas por leques; e, no inverno, eles eram aquecidos por chamas ocultas, de modo que, nos jardins, era eterna a primavera. Ali corriam pequenos riachos sobre pedras brilhantes, que atravessavam prados verdes e jardins de muitas cores e cruzavam uma profusão de pontes. Muitas eram as cachoeiras ao longo de seus cursos, e muitos eram os pequenos lagos coloridos nos quais desaguavam. Sobre os riachos e pequenos lagos passeavam cisnes brancos, enquanto o canto de pássaros raros soava em harmonia com a melodia das águas. Em terraços ordenados se elevavam margens verdejantes, enfeitadas, aqui e ali, com pergolados de videiras e flores perfumadas, em que se encontravam cadeiras e bancos de mármore e pórfiro. Havia também diversos pequenos santuários e templos, nos quais se podia descansar e orar para os deuses menores.

Todo ano era celebrada em Sarnath a festa da destruição de Ib, época em que vinho, música, dança e alegria de todo tipo eram abundantes. Grandes homenagens, então, eram prestadas às sombras daqueles que haviam aniquilado os estranhos seres antigos, e a memória desses seres e de seus deuses anciãos era ridicularizada pelos dançarinos e pelos músicos, coroados com rosas dos jardins de Zokkar. E os reis olhavam para o lago e amaldiçoavam os ossos dos mortos, que jaziam no fundo.

De início, os sumos sacerdotes não gostavam desses festivais, pois haviam se espalhado entre eles estranhas lendas de como o ídolo verde-água havia desaparecido, e de como Taran-Ish havia morrido de medo e deixado um aviso. E eles diziam que, de sua alta torre, às vezes viam luzes sob as águas do lago. Mas tantos anos se passaram sem calamidades que até os sacerdotes riram, praguejaram e se juntaram às orgias dos festeiros. Na verdade, não tinham eles próprios, em sua alta torre, executado, com frequência, o rito muito antigo e secreto de ódio a Bokrug, o lagarto aquático? E mil anos de riqueza e deleite se estenderam em Sarnath, maravilha do mundo.

Grandioso além da imaginação foi o festival do milésimo ano da destruição de Ib. Por uma década falou-se sobre a celebração na terra de Mnar, e, à medida que a data se aproximava, vieram para Sarnath, montados em cavalos, camelos e elefantes, homens de Thraa, Ilarnek, Kadatheron e de todas as cidades de Mnar e das terras além. À frente dos muros de mármore, na noite programada, foram armados os pavilhões dos príncipes e as tendas dos viajantes. Dentro do saguão do banquete recostou-se Nargis-Hei, o rei, bêbado de vinho velho das caves da conquistada Pnoth, rodeado por nobres festejantes e escravos apressados. Foram servidas muitas iguarias estranhas no banquete: pavões provenientes das ilhas de Nariel, no Oceano Médio, jovens cabras das colinas distantes de Implan, calcanhares de camelos do deserto de Bnazic, nozes e especiarias dos bosques de Cydathrian, e pérolas da litorânea Mtal dissolvidas no vinagre de Thraa. Havia um número incontável de molhos, preparados pelos mais sofisticados cozinheiros em toda Mnar e adequados ao paladar de cada um dos festejantes. Mas a mais apreciada de todas as iguarias eram os enormes peixes do lago, todos de grande tamanho e servidos sobre travessas douradas, ornadas com rubis e diamantes.

Enquanto o rei e seus nobres festejavam dentro do castelo e observavam os pratos gloriosos que os esperavam em travessas de ouro, outros festejavam em lugares diferentes. Na torre do grande templo, os sacerdotes promoviam folias, e, nos pavilhões além dos muros, os príncipes das terras vizinhas se alegravam. E foi o sumo sacerdote Gnai-Kah quem primeiro viu as sombras que desciam da lua quase cheia, em direção ao lago, e as malditas névoas esverdeadas que surgiam dele para encontrar o luar e envolver, em uma nebulosidade sinistra, as torres e as cúpulas da predestinada Sarnath. Daí em diante, todos os que estavam nas torres, e além dos muros, notaram estranhas luzes na água, e viram que a rocha acinzentada Akurion, que costumava se elevar bem acima das águas próximas à margem, estava quase submersa. E o medo cresceu, indistinto embora rapidamente, de modo que os príncipes de Ilarnek e da remota Rokol desmontaram, e dobraram suas tendas e pavilhões, e partiram, ainda que mal soubessem a razão de sua partida.

Então, perto da meia-noite, todos os portões de bronze de Sarnath escancararam-se e abriram caminho para uma multidão desvairada, que escureceu toda a planície, e todos os príncipes visitantes e os viajantes fugiram para longe, com pavor. Pois, no rosto de cada um nessa multidão, estava escrita a loucura nascida do horror insuportável, e em suas línguas havia palavras tão terríveis que nenhum ouvinte parou para comprová-las. Homens cujos olhos estavam loucos de medo gritavam em voz alta, com a visão de dentro do saguão do banquete do rei, onde, através das janelas, já não se podia mais ver as formas de Nargis-Hei, de seus nobres e seus escravos, mas sim uma horda de indescritíveis coisas verdes e sem voz, com olhos esbugalhados e lábios flácidos e salientes, e ouvidos curiosos; coisas que dançavam horrivelmente e carregavam, em suas patas, travessas douradas, ornadas com rubis e diamantes, que continham chamas estranhas. E os príncipes e os viajantes, enquanto fugiam da cidade amaldiçoada de Sarnath em seus cavalos, camelos e elefantes, olharam novamente para o lago enevoado, e viram que a pedra cinzenta Akurion estava totalmente submersa. Por toda a terra de Mnar, e nas terras vizinhas, espalharam-se as histórias daqueles que haviam fugido de Sarnath, e as caravanas não procuraram mais a cidade amaldiçoada e seus metais preciosos. Demorou muito antes que qualquer viajante retornasse, e, mesmo assim, para lá dirigiam-se apenas os jovens corajosos e aventureiros, de cabelos loiros e olhos azuis, que não eram semelhantes aos homens de Mnar. Esses homens, de fato, foram ao lago para ver Sarnath; mas, embora o tenham encontrado, enorme e calmo, junto da rocha cinzenta Akurion, que se eleva bem acima das águas próximas à margem, eles não contemplaram a maravilha do mundo e o orgulho de toda a humanidade. Onde antes haviam sido construídos muros de 300 côvados[5] de altura e torres ainda mais altas, agora existia apenas a margem pantanosa; e, onde antes habitavam 50 milhões de homens, agora rastejava o detestável lagarto aquático. Nem mesmo as minas de metais preciosos ficaram. A maldição caíra sobre Sarnath.

No entanto, meio enterrado entre os juncos, foi observado um curioso ídolo esverdeado; um ídolo extremamente antigo, esculpido sob a semelhança de Bokrug, o grande lagarto aquático. Aquele ídolo, consagrado nos altos templos de Ilarnek, mais tarde foi adorado, sob a lua quase cheia, por toda a terra de Mnar.

---

5 Cerca de 140 metros. (N. da T.)

O Forasteiro

Infeliz é aquele cujas memórias de infância provocam apenas medo e tristeza. Miserável é aquele que se recorda de horas solitárias em câmaras amplas e sombrias, com ganchos amarronzados e fileiras enlouquecedoras de livros antigos, ou em vigílias aterrorizantes em bosques escuros, de enormes árvores grotescas repletas de vinhas, que, silenciosamente, balançam galhos torcidos bem no alto. Tanto me deram os deuses – a mim, o atordoado, o desiludido, o estéril, o destruído. E, ainda assim, sinto-me estranhamente satisfeito, e me apego, com desespero, àquelas memórias secas, quando minha mente, por um momento, ameaça ir adiante para as outras.

    Não sei onde nasci, exceto que o castelo era infinitamente velho e infinitamente horrível, cheio de passagens obscuras e com tetos altos em que o olhar poderia encontrar apenas teias de aranha e sombras. As pedras nos corredores decadentes pareciam estar sempre terrivelmente úmidas, e havia um cheiro maldito em todo o lugar, como o de cadáveres empilhados de gerações já mortas. Nunca havia luz – de modo que eu, às vezes, costumava acender velas e olhar fixamente para elas, buscando por alívio –, nem havia sol ao ar livre, pois as terríveis árvores cresciam além da torre acessível mais alta. Havia uma torre negra que chegava acima das árvores, em direção ao céu desconhecido lá fora, mas estava parcialmente destruída, e não era possível subir nela a não ser por uma escalada quase impossível pela parede escarpada, pedra por pedra.

Devo ter vivido anos nesse lugar, porém não consigo medir o tempo. Outros seres devem ter cuidado de minhas necessidades, embora eu não possa recordar de ninguém exceto eu mesmo, nem de qualquer coisa viva a não ser os silenciosos ratos, morcegos e aranhas. Acredito que quem quer que tenha cuidado de mim devia ser surpreendentemente idoso, visto que minha primeira concepção de uma pessoa viva era aquela de alguém sarcasticamente parecida comigo, porém distorcida, enrugada e decadente como o castelo. Para mim, não havia nada de grotesco nos ossos e esqueletos que se espalhavam em algumas das criptas de pedra, bem no fundo, entre as fundações. De modo fantástico, eu associava essas coisas a acontecimentos cotidianos, e considerava-os mais naturais que as figuras coloridas de seres vivos que encontrava em muitos dos livros mofados. Com esses livros aprendi tudo o que sei. Nenhum professor me encorajou nem me guiou, e não me lembro de ouvir nenhuma voz humana em todos aqueles anos – nem mesmo a minha própria, pois, embora eu lesse sobre a fala, nunca havia pensado em tentar falar em voz alta. Também jamais pensei em minha aparência, pois não havia espelhos no castelo, e eu simplesmente me considerava, por instinto, semelhante às figuras juvenis que via desenhadas e coloridas nos livros. Sentia-me consciente da juventude porque tinha muito pouco a recordar.

Do lado de fora, do outro lado do fosso fétido, e sob as árvores sombrias e silenciosas, eu costumava me deitar e sonhar por horas sobre o que havia lido nos livros; e me imaginava, com desejo, entre multidões alegres, no mundo ensolarado além das florestas infinitas. Certa vez, tentei escapar da mata, mas, conforme me distanciava do castelo, a sombra se tornava mais densa e o ar, mais repleto de um medo ameaçador; de modo que corri freneticamente de volta, para que não me perdesse em um labirinto de silêncio noturno.

Assim, por incontáveis crepúsculos, eu sonhei e esperei, embora não soubesse pelo que esperava. Então, na solidão sombria, meu anseio pela luz tornou-se tão descontrolado que eu não podia mais esperar, e ergui minhas mãos suplicantes para a única torre obscura e arruinada que se elevava acima da floresta, no céu desconhecido lá fora. E, finalmente, resolvi escalar a torre, embora pudesse cair, pois seria melhor vislumbrar o céu e perecer, do que viver sem nunca contemplar o dia.

No anoitecer úmido e frio, escalei os antigos e desgastados degraus de pedra, até alcançar o nível em que eles se interrompiam; dali em diante, pendurei-me, perigosamente, em pequenos pontos de apoio que levavam para o alto. Medonhos e terríveis eram os imóveis cilindros de pedra sem escadas; escuros, arruinados, desertos e sinistros, com morcegos assustados cujas asas não faziam nenhum barulho. Contudo, mais medonha e terrível ainda era a lentidão do meu progresso; pois, embora eu conseguisse escalar, a escuridão acima não desaparecia, e um novo calafrio, como de um mofo mal-assombrado e venerável, me invadia. Eu estremecia enquanto me perguntava por que não alcançava a luz, e teria olhado para baixo, se me atrevesse. Imaginei que a noite havia caído de repente sobre mim, e, inutilmente, eu tateava, com uma mão livre, buscando a fresta de uma janela, da qual pudesse olhar para fora e para cima e tentar medir a altura que eu então havia alcançado.

De repente, depois de uma escalada infinita, impressionante e às cegas naquele precipício côncavo e desesperador, senti minha cabeça tocar em algo sólido, e soube que devia ter atingido o teto, ou ao menos algum tipo de piso. Na escuridão, levantei minha mão livre e testei a barreira, descobrindo que era de pedra e imóvel. Então, tateei mortalmente ao redor da torre, segurando-me em quaisquer apoios que a parede pegajosa pudesse fornecer; até que, por fim, minha mão encontrou um ponto em que a barreira cedia, e virei-me para cima novamente, empurrando a laje ou porta com a cabeça, enquanto usava ambas as mãos em minha escalada pavorosa.

Acima, nenhuma luz se revelou, e, ao passo que minhas mãos alcançavam uma altura maior, sabia que minha subida havia, então, acabado – visto que a laje era o alçapão de uma abertura que levava a uma superfície de pedra nivelada, de maior circunferência que a torre mais baixa, e, sem dúvida, o assoalho de uma elevada e ampla câmara de observação. Esgueirei-me por ela com cuidado, e tentei impedir que a pesada porta do alçapão caísse de volta no lugar, mas falhei nessa última tentativa. Ao deitar, exausto, no chão de pedra, ouvi os ecos sinistros de sua queda, mas esperei poder erguê-la novamente quando fosse necessário.

Acreditando estar, agora, a uma altura espantosa, muito além dos galhos amaldiçoados da floresta, forcei-me a levantar do chão e vasculhei pelo local, procurando janelas, de modo que pudesse olhar, pela primeira vez, para o céu, para a lua e para as estrelas, sobre os quais tinha lido. A cada tentativa, porém, eu me desapontava; pois tudo o que encontrava eram enormes prateleiras de mármore, que abrigavam odiosas caixas alongadas, de tamanhos perturbadores. Mais e mais eu refletia, e me perguntava que velhos segredos poderiam residir nesse alto apartamento, há muitas eras isolado do castelo, lá embaixo. Então, inesperadamente, minhas mãos depararam com uma abertura, na qual havia um portal de pedra, bruto e estranhamente esculpido. Ao forçá-lo, descobri que estava trancado; mas, com um supremo impulso de força, superei todos os obstáculos e empurrei-o para dentro. Ao abri-lo, fui arrebatado pelo êxtase mais puro que já havia conhecido; pois, brilhando tranquilamente, através de grades de ferro ornamentadas, e ao longo de uma pequena passagem de degraus de pedra que se elevavam a partir da porta recém-descoberta, estava uma lua cheia radiante, que eu nunca tinha visto exceto em sonhos e em vagas visões que não ouso chamar de memórias.

Imaginando, agora, que eu tinha alcançado o ápice do castelo, comecei a correr pelos poucos degraus além da porta; a lua, subitamente encoberta por uma nuvem, fez com que eu hesitasse, e segui meu caminho mais lentamente na escuridão. Ainda estava muito escuro quando cheguei às grades – que forcei com cuidado, descobrindo que estavam destrancadas, mas que não abri, por medo de cair da altura espantosa que havia escalado. Então, a lua apareceu.

O mais demoníaco de todos os choques é aquele do terrivelmente inesperado e do grotescamente inacreditável. Nada do que eu havia experimentado no passado poderia se comparar, em nível de terror, com o que eu via agora; com as maravilhas bizarras que aquela vista sugeria. A visão, em si, era tão simples quanto surpreendente, pois tratava-se apenas disto: em vez de uma perspectiva vertiginosa das copas das árvores vistas de uma altitude elevada, estendia-se, ao meu redor, no nível das grades, nada menos que um terreno sólido, enfeitado e diversificado por lajes e colunas de mármore e eclipsado por uma antiga igreja de pedra, cujo pico destruído brilhava espectralmente sob o luar.

Meio inconsciente, abri as grades e cambaleei para fora, sobre o caminho de cascalhos brancos que se estendia para longe, em duas direções. Minha mente, perturbada e caótica como estava, ainda carregava o desejo alucinado pela luz; nem mesmo a maravilha fantástica que tinha acabado de acontecer poderia interromper meu caminho. Eu não sabia, nem me importava, se minha experiência era loucura, sonho ou magia; mas estava determinado a admirar o brilho e a alegria a qualquer custo. Não sabia quem eu era, ou o que eu era, ou o que meu entorno poderia ser. Embora eu continuasse a hesitar, tornei-me consciente de algum tipo de memória reprimida, assustadora, que tornou meu progresso apenas parcialmente imprevisível. Passei sob um arco exterior à área das lajes e das colunas, e perambulei pelo campo aberto; algumas vezes, seguindo a estrada visível, e, em outras, abandonando-a curiosamente para caminhar através de prados em que apenas ruínas ocasionais evidenciavam a antiga presença de uma trilha esquecida. Em certo momento, cruzei um rio que corria velozmente, no qual construções em ruínas, cheias de musgos, sugeriam a existência anterior de uma ponte há muito desaparecida.

Mais de duas horas deviam ter se passado antes que eu alcançasse o que parecia ser o meu objetivo, um venerável castelo coberto de trepadeiras, em um parque abarrotado de árvores, enlouquecedoramente familiar embora repleto de uma estranheza enigmática para mim. Vi que o fosso estava cheio, e que algumas das torres familiares haviam sido demolidas, ainda que houvesse novas alas para confundir os observadores. No entanto, o que reparei com maior interesse e deleite foram as janelas abertas – maravilhosamente resplandecentes de luz e emitindo, adiante, sons da mais alegre festança. Avançando em direção a uma delas, olhei para dentro e vi um grupo estranhamente vestido, divertindo-se e conversando animadamente. Ao que parece, eu nunca tinha ouvido a fala humana, e podia apenas imaginar, de modo vago, o que era dito. Alguns desses rostos pareciam exibir expressões que traziam à tona recordações incrivelmente remotas e outras estranhas por completo.

Atravessei, então, uma janela baixa, adentrando a sala brilhantemente iluminada, e saindo, como o fiz, do único momento luminoso de esperança para minha mais obscura convulsão de desespero e percepção. O pesadelo veio rapidamente, pois, enquanto eu entrava, ali se revelou, de imediato, uma das demonstrações mais aterrorizantes que eu já havia imaginado. Eu mal tinha atravessado o peitoril quando recaiu sobre todo o grupo um pavor repentino e inesperado, de pavorosa intensidade, distorcendo cada rosto e evocando os gritos mais horríveis de quase todas as gargantas. A debandada foi geral, e, em meio ao clamor e ao pânico, vários desmaiaram e foram arrastados para longe por seus companheiros, em uma correria enlouquecida. Muitos cobriram os olhos com as mãos, e mergulharam cega e desajeitadamente em sua corrida pela fuga, derrubando os móveis e tropeçando contra as paredes, antes que conseguissem alcançar uma das muitas portas.

Os gritos eram chocantes; e, enquanto eu estava no salão brilhante, sozinho e atordoado, ouvindo seus ecos que desapareciam, tremi ao pensar no que poderia estar à espreita, perto de mim, oculto. Em uma inspeção casual, a sala parecia deserta; mas, quando me movi, em direção a um dos nichos, pensei ter detectado ali uma presença – uma sugestão de movimento além do portal arqueado e dourado que levava para outra sala, um tanto quanto similar. Enquanto me aproximava do arco, comecei a perceber a tal presença mais nitidamente; e, então, com o primeiro e último som que jamais emiti – um uivo medonho, que me encheu de repugnância, de maneira quase tão dolorosa quanto sua causa nociva –, contemplei, com completa e assustadora clareza, a inconcebível, a indescritível e a inominável monstruosidade que tinha, por sua simples aparição, transformado um grupo alegre em uma multidão de fugitivos delirantes.

Não posso sequer sugerir como ela era, pois se tratava de uma mistura de tudo o que era sujo, estranho, indesejável, anormal e detestável. Era a sombra macabra da decadência, da antiguidade e da desintegração; a imagem pútrida, gotejante, de revelação doentia, a visão nua e horrível daquilo que a terra misericordiosa deveria sempre esconder. Deus sabe que aquilo não era deste mundo – ou não mais deste mundo –, embora, para meu horror, eu tivesse vislumbrado, em seus contornos carcomidos e esqueléticos, uma caricatura abominável e maliciosa da forma humana; e, em seus trajes bolorentos e esfarrapados, uma característica indescritível, que me arrepiava ainda mais.

Eu estava praticamente paralisado, mas não tanto a ponto de não conseguir fazer um fraco esforço rumo à fuga; um tropeço para trás, que fracassou em quebrar o feitiço sob o qual o monstro inominável e sem voz me capturara. Meus olhos, enfeitiçados pelos globos oculares vidrados, encaravam-nos com repugnância e recusavam-se a fechar, embora estivessem misericordiosamente embaçados e revelassem o terrível objeto, mas de maneira imprecisa depois do primeiro choque. Tentei levantar minha mão para encobrir a visão, porém meus nervos estavam tão atordoados que meu braço não pôde obedecer completamente a minha vontade. A tentativa, no entanto, foi suficiente para perturbar meu equilíbrio, e precisei cambalear vários passos adiante para evitar que caísse. Enquanto o fazia, tornei-me, de modo repentino e agonizante, consciente da proximidade da coisa asquerosa, cuja respiração horrível e vazia eu quase imaginava poder ouvir. Quase enlouquecido, fui, contudo, capaz de levantar uma mão para me proteger da aparição fétida, que me oprimia de tão próxima. Então, em um segundo catastrófico de pesadelo cósmico e de acidente infernal, meus dedos tocaram a pata estendida e podre do monstro, abaixo do arco dourado.

Eu não gritei, mas todos os macabros e diabólicos espíritos que correm nos ventos noturnos gritaram por mim, enquanto, naquele mesmo segundo, desabou sobre minha mente uma única avalanche fugaz de memórias que abalam a alma. Naquele instante, entendi tudo o que havia acontecido; lembrei-me de além do castelo, e das árvores assustadoras, e reconheci o edifício modificado em que eu me encontrava agora; e reconheci, o mais terrível de tudo, a abominação profana que, à minha frente, olhava maliciosamente, ao passo em que eu afastava meus maculados dedos dos seus.

Mas, no cosmos, há tanto bálsamo quanto amargor, e aquele bálsamo é a anestesia do esquecimento. Em meio ao horror supremo daquele segundo, esqueci o que havia me horrorizado, e a explosão de memórias obscuras desapareceu, em um caos de imagens que ecoavam. Em um sonho, escapei daquela construção assombrada e maldita, e corri veloz e silenciosamente em direção ao luar. Quando retornei para o entorno da igreja de mármore e desci os degraus, encontrei a porta de pedra do alçapão imóvel; mas eu não estava arrependido, pois odiava aquele antigo castelo e as árvores. Agora eu ando com os espíritos macabros, zombeteiros e amigáveis, nos ventos noturnos, e, durante o dia, brinco entre as catacumbas de Nephren-Ka, no secreto e desconhecido vale de Hadoth, junto ao Nilo. Sei que nenhuma luz está destinada a mim exceto aquela da lua, sobre as tumbas de pedra de Neb, nem qualquer alegria, a não ser pelos festivais inominados de Nitócris sob a Grande Pirâmide; contudo, em minha nova selvageria e liberdade, eu quase aprecio a amargura da estranheza.

Pois, apesar de o esquecimento ter me acalmado, sei que sempre serei um forasteiro; um estranho neste século e entre aqueles que ainda são homens. Isso eu sei desde que estiquei meus dedos em direção à abominação dentro daquela grande moldura dourada; desde que estiquei meus dedos e toquei a superfície fria e inflexível de vidro polido.

ELE

Eu o vi numa noite que passei em claro, enquanto andava, desesperadamente, para salvar minha alma e minha visão. Minha vinda para Nova York havia sido um erro; pois, ao passo que procurava por maravilhas comoventes e por inspiração nos labirintos fervilhantes de antigas ruas que serpenteavam infinitamente a partir de praças, margens e pátios esquecidos, em direção a praças, margens e pátios igualmente esquecidos, e nas modernas torres gigantes, com picos que se erguiam, babilônicos, de modo obscuro, sob luas minguantes, encontrei, em vez disso, apenas uma sensação de horror e opressão, que ameaçava me dominar, paralisar e aniquilar.

A desilusão tinha sido gradual. Pela primeira vez na cidade, eu a tinha observado de uma ponte, durante o pôr do sol, majestosa acima de suas águas, de seus incríveis picos e das pirâmides, que se elevavam delicadas como flores, das poças de névoa violeta que brincavam com as nuvens flamejantes e as primeiras estrelas da noite. Então, ela havia se iluminado, janela após janela, acima das marés cintilantes em que lanternas balançavam e planavam, e o som grave das buzinas fazia ressoar estranhas harmonias, e tornara-se ela própria um firmamento estrelado onírico, evocativo das músicas das fadas, possuindo as maravilhas de Carcassonne, Samarcanda e El Dorado e de todas as cidades gloriosas e quase fabulosas. Pouco tempo depois, fui levado por aqueles antigos caminhos tão caros à minha imaginação – becos e passagens estreitos e sinuosos, em que fileiras de tijolos vermelhos georgianos cintilavam, com pequenas janelas acima de portas ladeadas por colunas que pareciam liteiras douradas e carruagens fechadas –, e, no primeiro fluxo de percepção dessas coisas havia muito desejadas, pensei ter realmente conquistado tais tesouros que, com o tempo, fariam de mim um poeta.

Mas o sucesso e a felicidade não me estavam destinados. A berrante luz do dia revelava apenas sujeira, estranheza e a nociva elefantíase da escalada, espalhando pedras onde a lua havia sugerido beleza e magia ancestral; e as multidões que fluíam pelas ruas, como em canais, eram de estranhos baixos e gordos, de pele escura, com rosto endurecido e olhos cerrados, estranhos astutos sem sonhos e sem nenhuma relação com as situações que os cercavam, que nunca poderiam representar uma coisa qualquer para um senhor de olhos azuis, que tinha em seu coração o amor pelas belas ruas verdejantes e os campanários brancos dos vilarejos da Nova Inglaterra.

Então, em vez dos poemas que eu havia desejado, surgiram apenas uma escuridão estremecida e uma solidão indescritível; e vi, por fim, uma verdade temerosa, que ninguém jamais havia ousado sussurrar – o impronunciável segredo dos segredos: o fato de essa estridente cidade de pedra não ser uma continuação consciente da velha Nova York, como Londres é da velha Londres e Paris é da velha Paris, mas que está, na verdade, consideravelmente morta, com seu corpo disperso, imperfeitamente preservado e infestado de estranhas coisas animadas que nada têm a ver com o que ela fora em vida. Depois de fazer essa descoberta, parei de dormir confortavelmente, embora algo da tranquilidade conformada houvesse retornado enquanto eu, aos poucos, adquiria o hábito de manter-me afastado das ruas durante o dia e aventurar-me a sair de casa somente à noite, quando a escuridão convocava o pouco do passado que ainda paira, como uma assombração, e quando velhos portais brancos lembravam as figuras vigorosas que outrora passaram por eles. Com esse sentimento de alívio, até mesmo escrevi alguns poemas, e ainda me contive em ir para casa, para a minha família, para que não parecesse rastejar de volta, indignamente derrotado.

Então, numa caminhada em uma noite em claro, encontrei o homem. Ele estava em um grotesco pátio oculto, na região de Greenwich, pois, em minha ignorância, eu havia me instalado ali, ao ouvir falar do lugar como o lar natural de poetas e artistas. As travessas e as casas antigas e os inesperados trechos de praças e pátios haviam, de fato, me encantado; e, quando descobri que os poetas e os artistas eram impostores pretensiosos cuja singularidade era um esplendor aparente e cuja vida era uma negação de toda aquela pura beleza que é a poesia e a arte, permaneci ali por amor a essas coisas respeitáveis. Eu as imaginei em seu auge, quando Greenwich era uma vila tranquila, ainda não tragada pela cidade; e, nas horas antes do amanhecer, quando todos aqueles que haviam festejado se recolhiam, eu costumava perambular sozinho entre suas sinuosidades enigmáticas e refletir sobre os curiosos segredos que gerações deviam ter depositado ali. Isso mantinha minha mente viva e me fornecia alguns daqueles sonhos e visões pelos quais clamava o poeta dentro de mim.

O homem apareceu por volta das 2 horas, em uma manhã nublada de agosto, enquanto eu me enfiava por uma série de pátios isolados, agora acessíveis apenas através de corredores escuros de edifícios intermediários, mas que, um dia, fizeram parte de uma contínua rede de becos curiosos. Eu tinha ouvido falar sobre eles por vagos rumores, e percebi que não poderiam estar em nenhum mapa atual; no entanto, o fato de terem sido esquecidos apenas fez com que eu os estimasse ainda mais, de modo que os procurara com o dobro do meu entusiasmo. Agora que os havia encontrado, minha animação tinha redobrado; pois algo em sua disposição insinuava, vagamente, que poderiam ser apenas alguns entre muitos outros, com correspondentes sombrios e silenciosos, encravados, de modo obscuro, entre grandes muros em branco e nos fundos de cortiços desertos, ou escondidos sombriamente atrás de arcos não revelados por hordas de estrangeiros, ou protegidos por artistas furtivos e reservados cujas práticas não correspondiam à publicidade nem à luz do dia.

  Ele falou comigo sem ser convidado, observando meu humor e os olhares enquanto eu estudava certas portas e seus ferrolhos sobre degraus ladeados por grades de ferro, e o brilho pálido dos lintéis rendilhados iluminava fracamente o meu rosto. Sua face estava na sombra, e ele vestia um chapéu de abas largas que, de alguma forma, combinava perfeitamente com a capa fora de moda que trajava; no entanto, fiquei sutilmente inquieto, mesmo antes que ele se dirigisse a mim. Sua silhueta era muito pequena, magra de maneira quase cadavérica, e sua voz se revelou incrivelmente suave e abafada, embora não fosse especialmente profunda. Ele disse que havia me notado diversas vezes, em meus passeios, e deduziu que eu me parecia com ele em seu amor pelos vestígios dos anos anteriores. Será que eu não gostaria de ser guiado por alguém com longa experiência nessas explorações, e detentor de informações locais profundamente mais graves do que qualquer outra que um evidente recém-chegado pudesse ter obtido?

  Enquanto ele falava, capturei um vislumbre de seu rosto, sob raios de luz amarela que chegavam da solitária janela de um sótão. Possuía um semblante idoso, nobre e até mesmo bonito; e carregava as marcas de uma linhagem e um refinamento incomuns para a idade e o local. No entanto, alguma qualidade sua me perturbava, quase tanto quanto suas feições me agradavam – talvez fosse muito pálido ou muito inexpressivo, ou destoasse demais da localidade para me deixar relaxado ou confortável. Todavia, eu o segui; pois, naqueles dias melancólicos, minha busca por beleza e mistérios antigos era tudo o que eu possuía para manter minha alma viva, e considerei um raro favor do destino poder me enturmar

SUSSURROS NAS TREVAS

com alguém cujas buscas afins pareciam ter se aprofundado muito mais que as minhas.

Algo na noite obrigou o homem encapotado a ficar em silêncio, e, por uma longa hora, ele me conduziu adiante, sem palavras desnecessárias, fazendo apenas os mais breves comentários a respeito de antigos nomes, datas e mudanças, e orientando meu progresso muito amplamente, por meio de gestos, enquanto nos espremíamos por frestas, andávamos na ponta dos pés por corredores, escalávamos paredes de tijolos e, em um momento, engatinhávamos sobre as mãos e os joelhos por uma passagem de pedras, baixa e arqueada, cujo enorme comprimento e cujas curvas tortuosas eliminaram, por fim, todas as pistas de localização geográfica que eu tinha conseguido preservar. As coisas que vimos eram muito antigas e maravilhosas, ou, pelo menos, pareciam ser sob os poucos raios de luz dispersos que nos permitiram vê-las. Nunca me esquecerei das instáveis colunas jônicas, das pilastras estriadas, dos postes de cercas de ferro encabeçados por urnas, das janelas de lintéis flamejantes e das claraboias decorativas, que pareciam se tornar mais singulares e estranhas quanto mais avançávamos nesse inesgotável labirinto de desconhecidas antiguidades.

Não encontramos ninguém, e, enquanto o tempo passava, as janelas iluminadas foram rareando cada vez mais. Os primeiros postes de luz que encontramos funcionavam a óleo e exibiam o antigo padrão de losango. Mais tarde, notei alguns com velas; e, finalmente, depois de atravessar um horrível pátio escuro pelo qual meu guia precisou me conduzir, com sua mão enluvada, através da total escuridão até um estreito portão de madeira em um muro alto, deparamos com um fragmento de beco iluminado somente por lanternas à frente, a cada sete casas – lanternas de latão inacreditavelmente coloniais, com tampos cônicos e perfurações nas laterais. Esse beco levava, abruptamente, ladeira acima – mais abruptamente do que pensei ser possível nessa parte de

Nova York –, e a extremidade superior estava bloqueada por completo, pelo muro coberto de heras de uma propriedade particular, além do qual pude ver uma cúpula pálida e as copas das árvores balançando contra uma vaga luminosidade no céu. Nesse muro havia um pequeno portão arqueado de carvalho negro, cravejado de pregos, que o homem começou a destrancar com uma pesada chave. Guiando-me para dentro, ele seguiu por um caminho na completa escuridão, sobre o que aparentava ser uma trilha de cascalho, e, por fim, em direção ao lance de degraus de pedra até a porta da casa, que ele destrancou e abriu para mim.

Nós entramos, e, ao fazê-lo, senti uma fraqueza, por causa de um fedor de mofo infinito que emanou a nosso encontro, e que deve ter sido o produto de séculos profanos de putrefação. Meu anfitrião pareceu não notar o cheiro, e, em cortesia, fiquei em silêncio enquanto ele me conduzia por uma escadaria curva, ao longo de um corredor e para dentro de uma sala cuja porta eu o ouvi trancar às nossas costas. Então, vi-o puxar as cortinas das três janelas de vidraças pequenas, que mal se revelavam contra a luminosidade do céu; em seguida, ele atravessou o cômodo em direção à lareira, riscou uma pederneira em um pedaço de aço, acendeu duas velas e um candelabro de 12 arandelas, e fez um gesto, impondo um discurso em voz baixa.

Sob essa fraca luminosidade, vi que estávamos em uma biblioteca espaçosa, bem mobiliada e revestida de painéis, que datava do primeiro quarto do século XVIII, com esplêndidos frontões nas portas e uma encantadora moldura dórica, sob uma prateleira magnificamente esculpida com um topo rebuscado. Sobre as estantes, abarrotadas e posicionadas em intervalos ao longo das paredes, encontravam-se primorosos retratos de família, todos manchados com uma obscuridade enigmática, que carregavam uma evidente semelhança com o homem que agora sinalizava, com um gesto, uma cadeira ao lado de uma elegante mesa Chippendale. Antes de se sentar do outro lado do móvel, meu anfitrião parou por um momento, como se estivesse envergonhado; então, lentamente removendo suas luvas, seu chapéu de abas largas e a capa, parou de maneira teatral, revelando-se completamente no centro do cômodo – vestia um traje georgiano, possuía os cabelos trançados, babados ao redor do pescoço, usava culotes, meia-calça de seda e sapatos afivelados que eu não notara antes. Então, afundando vagarosamente em uma cadeira, cujo desenho do encosto imitava uma lira, ele começou a me olhar com atenção.

Sem o chapéu, ele assumiu um aspecto de uma idade extrema, que mal podia ser observada antes. E perguntei-me se essa marca despercebida de singular longevidade não seria uma das fontes de minha inquietude. Quando, por fim, ele começou a falar, sua voz suave, rouca e cuidadosamente abafada tremia com frequência; e, de vez em quando, eu tinha grande dificuldade em acompanhá-lo enquanto o ouvia, com uma sensação quase reprimida de assombro e de alarme, que crescia a cada instante.

"Observe, senhor", começou meu anfitrião, "um homem de hábitos muito excêntricos, cujos trajes não exigem nenhuma explicação para alguém com o seu bom senso e suas inclinações. Ao refletir sobre tempos melhores, não hesitei em averiguar seus modos, e adotar suas vestimentas e maneiras; uma extravagância que não ofende ninguém se praticada sem ostentação. Minha boa sorte tem sido manter a propriedade rural dos meus antepassados, mesmo que tragada por duas cidades – primeiro Greenwich, que foi construída aqui depois de 1800, e então Nova York, que se uniu a ela por volta de 1830. Havia muitas razões para a rigorosa preservação deste local na minha família, e não tenho sido negligente em cumprir tais obrigações. O proprietário que a assumiu em 1768 havia estudado certas artes, e fizera certas descobertas, todas conectadas com influências que residem neste pedaço de terra, em particular, e muito dignas da mais intensa proteção.

Alguns efeitos curiosos dessas artes e descobertas eu agora me proponho a lhe mostrar, sob o mais severo sigilo; e acredito que possa confiar no meu julgamento sobre os homens o suficiente para não suspeitar do seu interesse ou da sua fidelidade.

Ele fez uma pausa, mas pude apenas concordar com a cabeça. Eu já havia dito que estava assustado, embora, para a minha alma, nada era mais fatal que o mundo concreto de Nova York à luz do dia, e, fosse esse homem um excêntrico inofensivo ou um detentor de perigosas artes, não tive escolha a não ser segui-lo e controlar minhas sensações de espanto acerca do que quer que ele tivesse a oferecer. Então, eu o escutei.

"Para – o meu ancestral –", ele continuou, suavemente, "algumas características muito notáveis pareciam existir na vontade da humanidade; características que possuíam um domínio pouco suspeitado, não apenas sobre os próprios atos e os dos outros, mas sobre todas as variedades de força e substâncias na natureza, e sobre muitos elementos e dimensões considerados mais universais que a natureza em si. Será que posso dizer que ele zombava da santidade das coisas tão grandiosas quanto o espaço e o tempo, e que ele forçou a estranhos usos os ritos dos indígenas pele-vermelha mestiços que, outrora, se fixaram nesta colina? Esses indígenas ficaram furiosos quando o lugar foi construído, e tornaram-se insuportáveis em seus pedidos para visitar o terreno nas noites de lua cheia. Durante anos, pulavam os muros a cada mês, sempre que podiam, e, escondidos, realizavam certos atos. Então, em 1868, o novo proprietário os surpreendeu enquanto praticavam tais atividades, e congelou com o que vira. Daí em diante, ele negociou com os indígenas, e trocou o livre acesso ao terreno pela exata essência de suas práticas, descobrindo que os avós dos indígenas haviam herdado parte de seus costumes dos ancestrais pele-vermelha, e parte de um velho holandês, na época dos Estados Gerais. E, maldito seja, temo que o proprietário lhes tenha servido um rum monstruosamente nocivo – de propósito ou não –, pois, uma semana depois de ter descoberto o segredo, tornou-se o único homem vivo que o conhecia. Você, senhor, é o primeiro forasteiro a saber que existe um segredo, e eu deveria ser castigado caso tivesse arriscado a mexer com tanto – os poderes –, se você não estivesse tão avidamente interessado pelas coisas do passado."

Estremeci quando o discurso do homem se tornou mais coloquial – e com a fala familiar de antes. Ele continuou.

"Mas você deve saber, senhor, que aquilo que – o proprietário – obteve com aqueles mestiços selvagens foi apenas uma pequena parte das descobertas que iria fazer. Ele não estivera em Oxford à toa, nem tinha sido sem razão que conversara com um antigo químico e astrólogo em Paris. Em resumo, ficara ciente de que o mundo todo é apenas a fumaça de nossos intelectos; negada aos vulgares, mas destinada aos sábios, para ser exalada e inalada como qualquer nuvem do melhor tabaco da Virgínia. O que queremos podemos fazer por nós mesmos, e o que não queremos podemos varrer para longe. Não vou dizer que tudo isso seja totalmente verdade, mas é verdadeiro o suficiente para fornecer um espetáculo muito bonito de vez em quando. Você, eu imagino, se divertiria com uma visão melhor de certos outros anos, e que vai além do que sua imaginação lhe permite; então, contente-se em controlar qualquer medo em relação ao que planejo lhe mostrar. Venha para a janela e fique em silêncio."

Então, meu anfitrião pegou minha mão, para me conduzir até uma das duas janelas ao longo da sala malcheirosa, e, ao primeiro toque dos seus dedos sem luvas, eu congelei. Sua pele, embora seca e firme, era como gelo; e quase me desvencilhei do seu puxão. No entanto, pensei mais uma vez no vazio e no horror da realidade, e, cheio de coragem, preparei-me para seguir aonde quer que eu fosse levado. Uma vez à janela, o homem abriu as cortinas de seda amarelas e direcionou meu olhar para a escuridão lá fora. Por um momento, não vi nada além de incontáveis luzes minúsculas dançantes, longe, muito longe à minha frente. Então, como se em resposta a um movimento traiçoeiro da mão de meu anfitrião, o clarão de um raio de calor iluminou o cenário, e eu olhei para fora, em direção a um mar de folhagens luxuriantes – folhagens puras, e não o mar de telhados que se esperaria de qualquer mente normal. À minha direita, o rio Hudson reluzia, maliciosamente, e, a distância, vi o brilho débil de um enorme pântano de sal constelado com nervosos vagalumes. O clarão se apagou, e um sorriso maligno iluminou a face de cera do velho bruxo.

"Isso foi antes do meu tempo – antes do tempo do novo proprietário. Por favor, deixe-nos tentar novamente."

Eu me sentia fraco, ainda mais fraco do que a odiosa modernidade daquela cidade amaldiçoada me fazia sentir.

"Bom Deus!", eu sussurrei. "O senhor pode fazer isso para qualquer época?" E, enquanto ele confirmava com a cabeça e revelava os tocos negros que uma vez haviam sido presas amarelas, agarrei-me às cortinas para evitar cair. Mas ele me estabilizou, com aquela garra terrível e fria como gelo, e novamente fez seu gesto traiçoeiro.

Mais uma vez, o raio produziu um clarão – mas, agora, sobre um cenário que não era completamente estranho. Tratava-se de Greenwich, a Greenwich como costumava ser, com um telhado ou uma fileira de casas aqui e ali como os vemos hoje, contudo com agradáveis travessas e campos verdejantes e terrenos baldios cobertos de grama. O pântano de sal ainda reluzia muito, mas, bem a distância, vi os campanários do que era então toda a Nova York; o da Igreja da Trindade, o da Capela de São Paulo e a Brick Church predominando entre suas irmãs, e uma leve névoa de fumaça de madeira queimada pairando sobre o todo. Respirei fundo, não tanto pela visão em si, mas em razão das possibilidades que minha imaginação fez surgir de modo apavorante.

"O senhor pode – ousaria – ir além?", perguntei, com admiração, e pensei que ele o compartilhara por um segundo, mas o sorriso maligno retornou.

"Além? O que eu vi explodiria você como uma louca estátua de pedra! Para trás, para trás! – Para frente, para frente! – Olhe, seu chorão tolo!"

E, enquanto ele rosnava a frase em um sussurro, gesticulou outra vez, produzindo no céu um clarão ainda mais brilhante que os dois anteriores. Por três segundos inteiros, eu pude vislumbrar aquela vista tumultuada, e naqueles segundos vi um panorama que, mais tarde, atormentaria meus sonhos. Vi os céus verminosos repletos de estranhas coisas voadoras, e, abaixo delas, uma obscura cidade infernal de gigantescos terraços de pedra, com pirâmides profanas sendo lançadas brutalmente em direção à lua, e luzes diabólicas que queimavam através das inúmeras janelas. E, aglomerando-se de modo repugnante em galerias aéreas, vi as pessoas amareladas, de olhos semicerrados, daquela cidade, horrivelmente vestidas de laranja e vermelho, e dançando de modo insano com a batida de tímpanos febris, com a algazarra de crótalos obscenos, e com os gemidos maníacos de cornetas abafadas, cujo incessante canto fúnebre se elevava e decaía de forma ondulante, como as ondas de um profano oceano de betume.

Eu vi o panorama, digo, e ouvi – como se com o ouvido da mente – a blasfema cacofonia de perversidades que o acompanhava. Era a concretização histérica de todo o horror que aquela cidade cadáver sempre despertara em minha alma, e me esquecendo de toda ordem de silêncio, gritei e gritei e gritei enquanto meus nervos cediam e as paredes tremiam ao meu redor.

Então, quando o clarão diminuiu, vi que meu anfitrião também tremia; uma expressão de medo chocante quase apagou de seu rosto a diabólica distorção de raiva que meus gritos haviam provocado. Ele cambaleou, agarrou-se às cortinas, como eu fizera antes, remexendo sua cabeça loucamente, como um animal amedrontado. Deus sabe que ele tinha um motivo, pois, enquanto os ecos de meus gritos se enfraqueciam, surgiu um outro som, tão infernalmente sugestivo que somente emoções entorpecidas me mantinham são e consciente. Tratava-se do rangido firme e furtivo das escadas além da porta trancada, como se uma multidão de pés descalços, ou vestindo sapatos de pele, as estivesse subindo; e, por fim, o cauteloso e firme chocalhar do trinco de latão, que brilhava sob a luz fraca das velas. O velho me arranhou, e cuspiu em mim através do ar mofado, e ladrou coisas guturalmente, enquanto se balançava nas cortinas amarelas que havia agarrado.

"A lua cheia – maldito seja – seu... seu cão uivante! – Você os chamou, e eles vieram atrás de mim. Pés calçando mocassins – homens mortos – vão para o inferno, seus diabos vermelhos, mas não envenenei o rum de vocês – Afinal, não mantive sua magia pestilenta em segurança? – Vocês que se embriagaram até adoecer! Malditos sejam, e vocês ainda culpam o proprietário! Deixe-me ir! Soltem este trinco – Não tenho nada para vocês aqui".

Nesse momento, três batidas lentas e extremamente determinadas sacudiram os painéis da porta, e uma espuma branca se acumulou na boca do bruxo desvairado. Seu medo, convertendo-se em um desespero cortante, abriu espaço para o ressurgimento de sua raiva contra mim; e ele cambaleou um passo, em direção à mesa em cuja beirada eu me apoiava. As cortinas, ainda presas em sua mão direita – ao passo que a esquerda se agarrava em mim –, esticaram-se e, por fim, desabaram de seus prendedores no alto, permitindo que transbordasse para dentro da sala a luz da lua cheia, cujo brilho o céu havia anunciado. Sob aqueles raios esverdeados, as velas empalideceram, e uma nova aparência de decadência se espalhou pelo cômodo, que fedia a almíscar, com seus painéis verminosos, o piso envergado, a moldura gasta, os móveis bambos e as tapeçarias esfarrapadas. Tal aparência também se espalhou sobre o velho, proveniente da mesma fonte ou de seu medo e fervor, e eu o vi murchar e enegrecer enquanto cambaleava para mais perto e se esforçava para me dilacerar com suas garras de abutre. Apenas seus olhos mantinham-se intactos, e brilhavam com uma incandescência propulsora e ampliada, que crescia à medida que o rosto ao seu redor carbonizava e definhava.

As batidas, então, se repetiram com maior insistência, e, dessa vez, carregavam um toque metálico. A coisa negra que me encarava transformara-se apenas em uma cabeça com olhos, que tentava, debilmente, contorcer-se sobre o piso envergado à minha direção, vez ou outra lançando pequenas cuspidelas fracas de malícia imortal. Então, golpes velozes e fragmentados atacaram os repugnantes painéis, e eu vi o brilho de um machado *tomahawk* que rachava a madeira despedaçada. Não me movi, pois não podia; mas, atordoado, assisti à porta desmoronar em pedaços, abrindo caminho para uma maré colossal e disforme de uma substância escura, constelada por olhos brilhantes e malévolos. Ela se derramou densamente, como uma inundação de óleo rompendo uma divisória apodrecida, derrubando uma cadeira enquanto se espalhava, e, por fim, fluiu sob a mesa e através da sala, onde a cabeça enegrecida com os olhos ainda me encarava. O líquido se fechou ao redor daquela cabeça, engolindo-a totalmente, e, no momento seguinte, começou a retroceder, carregando para longe seu fardo invisível, sem me tocar, escorrendo novamente para fora daquela porta negra e descendo as escadas invisíveis, que rangiam como antes, embora em ordem inversa.

Então, por fim o chão cedeu, e eu escorreguei, ofegante, para a obscura câmara abaixo, engasgando-me com as teias de aranha e quase desfalecendo em razão do terror. A lua esverdeada, brilhando através das janelas quebradas, exibia a porta do corredor entreaberta; e, enquanto eu me levantava do piso coberto de reboco e me desvencilhava dos escombros do teto, vi se esparramar por ela uma horrível torrente de negrume, com dezenas de olhos funestos, que reluziam. A substância procurava pela porta do porão, e, quando a encontrou, desapareceu dentro dela. Eu sentia, agora, o piso desse cômodo inferior cedendo, como havia acontecido com o da câmara superior, uma vez que o estrondo lá no alto fora seguido pela queda, além da janela a oeste, de algo que deve ter sido a cúpula. Por um momento libertado dos destroços, corri pelo corredor até a porta da frente, e, sendo incapaz de abri-la, agarrei uma cadeira e quebrei a janela, escalando freneticamente o gramado desgrenhado, cheio de ervas daninhas de quase 1 metro de altura, sobre o qual o luar dançava. O muro era alto, e todos os portões estavam trancados; mas, movendo uma pilha de caixas para um canto, consegui conquistar seu topo e me agarrar à grande urna de pedra ali posicionada.

A meu redor, em minha exaustão, eu conseguia ver apenas estranhos muros e janelas e velhos telhados do tipo gambrel. A rua íngreme da minha chegada não estava visível em lugar algum, e o pouco que pude ver desapareceu rapidamente, em uma névoa que subia do rio apesar da ofuscante luz da lua. De repente, a urna à qual eu tinha me agarrado começou a tremer, como se compartilhasse da minha própria vertigem letal; e, no segundo seguinte, meu corpo mergulhava em direção a um destino que eu desconhecia.

O homem que me encontrou disse que eu devia ter rastejado por um longo caminho, apesar dos meus ossos quebrados, pois um rastro de sangue se estendia até onde ele ousara olhar. A chuva avolumada logo apagou essa ligação com o cenário do meu tormento, e relatos não puderam declarar nada além de que eu havia surgido de um lugar desconhecido, na entrada de um pequeno pátio escuro que dava para a rua Perry.

Nunca procurei retornar àqueles tenebrosos labirintos, nem conduziria, em sã consciência, nenhum homem até lá. Sobre quem ou o que era aquela antiga criatura não faço ideia; mas repito que aquela cidade está morta e repleta de horrores insuspeitados. Para onde ele foi não sei; mas eu fui para casa, para as imaculadas ruas da Nova Inglaterra, nas quais os aromáticos ventos marítimos correm ao anoitecer.

POLARIS

Na janela norte do meu quarto, a Estrela Polar irradia, com uma luz misteriosa. Durante as longas horas infernais de escuridão, ela brilha ali. E, no outono, quando os ventos do Norte amaldiçoam e se lamentam, e as árvores de folhas avermelhadas do pântano murmuram umas para as outras ao longo da madrugada, sob a lua minguante, com suas extremidades curvas como chifres, sento-me sob a janela e observo aquela estrela. Descendo das alturas, cambaleia a cintilante Cassiopeia, à medida que as horas passam, enquanto a Ursa Maior se desloca por trás das árvores do pântano vaporoso, que oscilam nos ventos da noite. Logo antes do amanhecer, Arcturo cintila, avermelhado, acima do cemitério sobre a pequena colina, e a Cabeleira de Berenice reluz estranhamente, à distância no misterioso Leste; contudo, a Estrela Polar espreita do mesmo ponto, na abóbada negra, piscando terrivelmente, como um insano olho vigilante que se empenha em transmitir alguma estranha mensagem, embora nada evoque a não ser o fato de que, certa vez, tivera uma mensagem para transmitir. Às vezes, quando está nublado, consigo dormir.

    Lembro-me muito bem da noite da grande Aurora, quando o brilho vívido da luz demoníaca reluziu sobre o pântano. Depois dos feixes luminosos, vieram as nuvens, e então adormeci.

E foi sob uma lua minguante, com suas extremidades curvas como chifres, que avistei a cidade pela primeira vez. Quieta e sonolenta, ela repousava sobre um planalto singular, em uma depressão entre estranhos picos. De um mármore pálido eram seus muros, torres, colunas, cúpulas e pavimento. Nas ruas marmorizadas, havia colunas também de mármore, cujo topo havia sido esculpido com as imagens de sérios homens barbados. O ar estava quente e parado. E, lá em cima, a cerca de 10 graus do zênite, irradiava a vigilante Estrela Polar. Por muito tempo contemplei a cidade, mas o dia não chegou. Quando a rubra Aldebarã, que piscava baixo no céu, mas nunca se punha, havia se arrastado por um quarto do caminho, ao longo do horizonte, eu vi luz e movimentação nas casas e nas ruas. Formas estranhamente vestidas, mas ao mesmo tempo nobres e familiares, caminhavam por todo lado, e sob a lua minguante, com suas extremidades curvas como chifres, homens conversavam com sabedoria em uma língua que eu entendia, embora fosse diferente de qualquer idioma que eu conhecesse. E, quando a avermelhada Aldebarã havia se arrastado por mais da metade da linha do horizonte, houve, mais uma vez, escuridão e silêncio.

Quando acordei, eu havia mudado. Em minha memória estava gravada a visão da cidade, e dentro de minha alma havia surgido outra recordação, mais imprecisa, de cuja natureza eu não estava, então, seguro. Dali em diante, nas noites nubladas em que conseguia dormir, eu via a cidade com frequência; às vezes, sob aquela lua minguante com suas extremidades curvas chifres, e, às vezes, sob os raios quentes e amarelados de um sol que nunca se punha, mas que rotacionava baixo, ao longo do horizonte. E, nas noites claras, a Estrela Polar espreitava como nunca.

Gradualmente, comecei a me perguntar qual poderia ser o meu lugar naquela cidade, no planalto singular entre estranhos picos. De início contente em poder contemplar o local como um observador incorpóreo, sempre vigilante, eu agora desejava definir minha relação com ele e dizer o que pensava, entre os homens sérios que conversavam todos os dias nas praças públicas. Disse a mim mesmo: "Isto não é um sonho, pois de que maneira posso provar a realidade superior daquela outra vida, na casa de pedra e tijolo ao sul do pântano sinistro, e do cemitério na pequena colina, onde a Estrela Polar espreita pela minha janela norte toda noite?".

Certa noite, enquanto ouvia o discurso na grande praça repleta de estátuas, senti uma mudança; e percebi que tinha, por fim, uma forma corpórea. Também já não era um estranho nas ruas de Olathoë, que se localiza sobre o planalto de Sarkis, entre os picos Noton e Kadiphonek. Era meu amigo Alos quem falava, e seu discurso encantou minha alma, pois era o discurso de um homem verdadeiro e patriótico. Naquela noite, chegou a notícia da queda de Daikos e do avanço dos inutos – demônios infernais, encurvados e amarelados, que haviam aparecido havia cinco anos no oeste desconhecido, para destruir os limites do nosso reino e, finalmente, cercar nossas cidades. Depois que eles tomaram as fortificações ao pé das montanhas, seu caminho estava, então, aberto para o planalto, a menos que cada cidadão pudesse resistir com a força de dez homens. Pois as criaturas encurvadas eram poderosas nas artes da guerra e ignoravam os escrúpulos de honra que inibiam nossos homens altos e de olhos cinzentos de Lomar de alcançar a conquista implacável.

Alos, meu amigo, era o comandante de todas as forças no planalto, e nele fora depositada a última esperança de nosso território. Nessa ocasião, ele falou dos perigos a ser enfrentados, e encorajou os homens de Olathoë, os mais destemidos entre os lomarianos, a preservar as tradições de seus ancestrais, que, quando forçados a se dirigir para o sul de Zobna, antes do avanço da grande camada de gelo (até mesmo nossos descendentes precisarão, algum dia, fugir da terra de Lomar), afastaram, destemida e vitoriosamente, os canibais Gnophkehs, peludos e de braços longos, que cruzavam seu caminho. Quanto a mim, Alos negou-me o papel de guerreiro, pois eu era fraco e sofria de estranhos desmaios quando sujeito à tensão e a adversidades. Mas meus olhos eram os mais aguçados da cidade, apesar das longas horas que eu dedicava, todos os dias, ao estudo dos Manuscritos Pnakóticos e à sabedoria dos Patriarcas Zobnarianos. Então, meu amigo, desejando não me sentenciar à inatividade, recompensou-me com um dever cuja importância era tão grande quanto a dos outros encargos. Enviou-me para a torre de vigia de Thapnen, para ali para servir como os olhos de nosso exército. Se os inutos tentassem conquistar a fortaleza pelo estreito desfiladeiro atrás do pico Noton, assim surpreendendo a guarnição, eu deveria dar o sinal de fogo, que avisaria os soldados de prontidão e salvaria a cidade do desastre imediato.

Subi sozinho na torre, pois todos os homens fortes eram necessários no desfiladeiro abaixo. Meu cérebro estava bastante perturbado, por causa da agitação e da fadiga, pois eu havia ficado sem dormir durante muitos dias. Ainda assim, eu me mantinha firme em meu propósito, pois amava minha terra natal de Lomar e a cidade de mármore de Olathoë, localizada entre os picos de Noton e Kadiphonek.

No entanto, enquanto estava na mais alta câmara da torre, contemplei a lua minguante, com suas extremidades curvas como chifres, avermelhada e sinistra, tremulando através da névoa que pairava sobre o distante vale de Banof. E, através de uma abertura no telhado, reluzia a pálida Estrela Polar, vibrando como se estivesse viva e espreitando como um demônio tentador. Parece-me que seu espírito sussurrava maus conselhos, acalmando-me e conduzindo-me à sonolência traiçoeira, por meio de uma perversa promessa ritmada, que repetia sem parar:

"Durma, observador, até que as esferas
Rodopiem por muitas eras.
Vou girar e retornar
Para o lugar onde devo queimar.
Em breve novas estrelas vão reluzir
E ao eixo dos céus vão subir
Estrelas que acalmam com um acalento
Estrelas que abençoam com o doce esquecimento:
Apenas quando minha volta terminar
Deverá o passado tua porta perturbar."

Em vão lutei contra a sonolência, procurando conectar essas estranhas palavras com alguma tradição dos céus que eu havia aprendido nos Manuscritos Pnakóticos. Minha cabeça, pesada e rodopiando, caía sobre o meu peito. E, em seguida, quando olhei para cima, era um sonho; a Estrela Polar sorria para mim através de uma janela, acima das horríveis árvores oscilantes do pântano onírico. E ainda estou sonhando.

Em meio à minha vergonha e ao desespero, às vezes grito loucamente, implorando às criaturas oníricas ao meu redor para que me despertem antes que os inutos se aproximem do desfiladeiro atrás do pico Noton e tomem a fortaleza de surpresa; mas essas criaturas são demônios, pois riem e dizem que não estou sonhando. Eles zombam de mim enquanto durmo, e enquanto o atarracado inimigo amarelo pode estar rastejando silenciosamente até nós. Fracassei com o meu dever e traí a cidade de mármore de Olathoë; fui desleal a Alos, meu amigo e comandante. Mas, ainda assim, essas sombras do meu sonho caçoam de mim. Dizem que não existe nenhuma terra de Lomar, exceto em minhas fantasias noturnas; que naqueles domínios onde a Estrela Polar brilha no alto e a avermelhada Aldebarã rasteja baixo ao longo do horizonte, não houve nada senão gelo e neve por milhares de anos; e que nunca houve um homem salvo as encurvadas criaturas amarelas, arrasadas pelo frio, a quem eles chamavam de "esquimós".

    E, enquanto me contorço em minha agonia culpada, desesperado em salvar a cidade cujo perigo cresce a cada momento, e me esforçando, em vão, em livrar-me deste sonho anormal de uma casa de pedra e tijolos ao sul do sinistro pântano e do cemitério na pequena colina, a Estrela Polar, maligna e monstruosa, espreita da abóbada negra, piscando terrivelmente, como um insano olho vigilante se empenha em transmitir alguma estranha mensagem – embora nada evoque a não ser o fato de que, certa vez, tivera uma mensagem para transmitir.

A Gravura na Casa

Os pesquisadores do horror frequentam lugares estranhos e distantes. A eles interessam as catacumbas de Ptolemaida e os mausoléus esculpidos dos mundos de pesadelos. Eles escalam as torres, iluminadas pela lua, dos castelos em ruínas do Reno, e vacilam pelos degraus escuros, cobertos de teias de aranha, sob as pedras espalhadas das cidades esquecidas da Ásia. A mata mal-assombrada e a montanha desolada são seus santuários, e eles se demoram ao redor dos sinistros monólitos nas ilhas desabitadas. No entanto, o verdadeiro apreciador do terrível – para quem uma nova excitação de horror indescritível é a principal razão e a justificativa da existência – estima, acima de tudo, as antigas e isoladas fazendas do interior da Nova Inglaterra; pois, ali, os elementos obscuros da força, da solidão, do grotesco e da ignorância se combinam para criar a perfeição do abominável.

A mais horrível de todas as visões é aquela das pequenas casas de madeira, sem pintura, distantes das rotas mais movimentadas e, normalmente, localizadas sobre alguma encosta úmida e gramada ou inclinadas contra algum gigantesco afloramento rochoso. Por mais de 200 anos, elas ocuparam ou se apoiaram naquele local, enquanto as videiras rastejaram e as árvores cresceram e se espalharam. Estão quase escondidas, agora, na exuberância sem lei das folhagens verdejantes e das mortalhas protetoras da sombra; mas as pequenas vidraças ainda encaram, escandalosamente, como se piscassem, por meio de uma paralisia letal que afasta a loucura, ao desbotar a memória de coisas indizíveis.

Nessas casas residiram gerações de pessoas estranhas, como as quais o mundo nunca tinha visto. Tomados por uma crença melancólica e fanática que os havia exilado de seus iguais, seus antepassados saíram em busca de territórios inexplorados, à procura de liberdade. Ali, os descendentes de uma raça conquistadora, de fato, prosperaram livres das restrições impostas por seus semelhantes, mas curvaram-se, em uma escravidão espantosa, perante sombrios fantasmas em sua mente.

A força desses Puritanos, distantes do esclarecimento da civilização, voltou-se para canais peculiares; e, em seu isolamento, sua autorrepressão mórbida e sua luta pela vida contra a natureza implacável, eles adquiriram obscuras características ocultas das profundezas pré-históricas de sua fria herança do norte. Práticas por necessidade e sérias por filosofia, essas pessoas não eram puras em seus pecados. Cometendo erros, como todos os mortais, foram forçados por seu rígido código a buscar encobri-los acima de tudo; de modo que passaram a entender cada vez menos o que encobriam. Apenas as casas silenciosas no interior, pacatas e que encaravam, podem revelar tudo o que permanece escondido desde os dias mais remotos; e elas não são comunicativas, elas resistem a livrar-se do torpor que as ajuda a esquecer. Às vezes, alguém sente que seria misericordioso derrubá-las, pois elas devem sonhar com frequência.

Foi para um desses edifícios deteriorados pelo tempo, como os que descrevi, que fui levado, em uma tarde de novembro, em 1896, por causa de uma chuva de abundância tão assustadora que qualquer abrigo era preferível à exposição. Eu estava viajando, fazia algum tempo, entre as pessoas do Vale de Miskatonic, em busca de certos dados genealógicos; e, dada a natureza remota, tortuosa e problemática de minha rota, achei conveniente alugar uma bicicleta, apesar do outono tardio. Assim, eu me encontrava em uma estrada aparentemente abandonada, que havia escolhido por ser o caminho mais curto para Arkham, apanhado de surpresa pela chuva, em um ponto distante de qualquer cidade, e sem nenhum refúgio exceto a antiga e repulsiva construção de madeira, que piscava com janelas embaçadas entre dois enormes olmos sem folhas, próximos da base de uma colina rochosa. Por mais distante que estivesse dos vestígios da estrada, essa casa, contudo, me impressionou de maneira desfavorável, no exato momento em que a avistei. Honestamente, estruturas robustas não olham fixamente para os viajantes de maneira tão disfarçada e assustadora, e, em minhas pesquisas genealógicas, eu havia deparado com lendas de um século atrás que me motivavam a evitar lugares desse tipo. Contudo, a força dos elementos era tal que superou meus princípios, e não hesitei em conduzir minha bicicleta acima, pela ladeira cheia de ervas daninhas, em direção à porta fechada, que parecia ao mesmo tempo tão sugestiva e cheia de segredos.

Por algum motivo, eu havia tomado como certo que a casa estava abandonada, mas, ao me aproximar, tive um pouco de dúvida, pois, embora as trilhas estivessem realmente cobertas por ervas daninhas, sua natureza aparentava estar preservada demais para indicar completo abandono. Portanto, em vez de tentar abrir a porta, eu bati, sentindo, ao fazê-lo, uma inquietação que mal podia explicar. Enquanto esperava, sobre a rocha bruta e coberta de musgos que servia como soleira, dei uma olhada nas janelas próximas e na vidraça sobre a porta, e notei que, embora velhas, ruidosas e quase opacas de tão sujas, não estavam quebradas.

A construção, então, ainda devia ser habitada, apesar de seu isolamento e do abandono geral. No entanto, minhas batidas não evocaram nenhuma resposta; então, depois de repetir o chamado, tentei abrir o trinco enferrujado e descobri que a porta estava destrancada. Na parte de dentro, havia um pequeno vestíbulo, com paredes cujo reboco caía; e da porta de entrada emanava um cheiro fraco mas particularmente odioso. Entrei, carregando minha bicicleta, e fechei a porta atrás de mim. À frente, erguia-se uma escadaria estreita, e, ao lado dela, havia uma pequena porta, que provavelmente levava a um porão, enquanto, à esquerda e à direita, havia portas fechadas que conduziam a cômodos no piso térreo.

Apoiando minha bicicleta contra a parede, abri a porta à esquerda e entrei em uma pequena câmara de teto baixo, vagamente iluminada por duas janelas empoeiradas e mobiliada do modo mais simples e primitivo possível. Parecia ser uma espécie de sala de estar, pois havia uma mesa, várias cadeiras e uma imensa lareira, sobre cuja moldura tiquetaqueava um antigo relógio. Os livros e papéis eram poucos, e, na escuridão predominante, não pude identificar os títulos com facilidade. O que me interessou foi o ar uniforme de antiguidade em cada detalhe visível. A maior parte das casas, nessa região, era rica em relíquias do passado, mas, aqui, a antiguidade era, de maneira curiosa, absoluta; pois em todo o cômodo não consegui localizar um único item de algum período definitivamente pós-revolucionário. Se os móveis não fossem tão humildes, o lugar seria o paraíso dos colecionadores.

Enquanto eu analisava essa estranha casa, senti crescer a aversão de início instigada pelo desolador exterior da construção. Exatamente o que temia ou abominava eu não podia definir, de modo algum; mas algo na atmosfera geral sugeria uma era profana, de brutalidade desagradável e segredos que deveriam ser esquecidos. Senti certa resistência a me sentar, e perambulei de um lado para o outro, examinando os vários objetos que havia notado. O primeiro artigo que captou minha curiosidade foi um livro, de tamanho médio, que estava sobre a mesa e apresentava tal aspecto antediluviano que fiquei maravilhado em poder contemplá-lo fora de um museu ou de uma biblioteca. Estava encadernado em couro, com encaixes de metal, e encontrava-se em excelente estado de conservação; era, no todo, um tipo incomum de volume a ser encontrado em uma residência tão humilde. Quando o abri na primeira página, meu espanto tornou-se ainda maior, pois o livro se revelou nada menos raro que o relato de Pigafetta sobre a região do Congo, escrito em latim, a partir das anotações do marinheiro Lopez, e impresso em Frankfurt, em 1598. Eu tinha ouvido falar muitas vezes desse trabalho, com suas curiosas ilustrações, feitas pelos irmãos De Bry, e assim, por um momento, esqueci-me de minha inquietação em meio ao desejo de folhear as páginas à minha frente. As gravuras eram de fato interessantes, totalmente elaboradas a partir da imaginação e de descrições descuidadas, e representavam negros com pele branca e traços caucasianos; e eu não teria fechado o livro tão depressa se uma circunstância excessivamente trivial não houvesse perturbado meus nervos cansados e ressuscitado minha sensação de desconforto.

O que me incomodou foi, simplesmente, o modo persistente com que o volume tendia a se abrir na imagem XII, que representava, com um detalhamento medonho, um açougue dos canibais anziques. Senti certa vergonha por minha fragilidade a algo tão insignificante, mas, mesmo assim, o desenho me perturbou, especialmente quando associado a algumas passagens próximas que descreviam a gastronomia daquele povo.

Voltei-me para uma prateleira próxima, e estava examinando seu escasso conteúdo literário – uma *B*íblia do século XVIII; uma cópia de *O Peregrino* do mesmo período, ilustrado com xilogravuras grotescas e impresso pelo almanaqueiro Isaiah Thomas; um deteriorado e grosso volume de *Magnalia Christi Americana*, de Cotton Mather; e alguns outros poucos livros que, evidentemente, eram da mesma época – quando minha atenção foi despertada pelo som inconfundível de passos, em um cômodo no andar superior. De início surpreso e alarmado, considerando a falta de resposta às minhas recentes batidas na porta, concluí, imediatamente, que quem estava andando tinha acabado de despertar de um sono profundo, e ouvi, com menos surpresa, os passos descendo degraus rangentes. As passadas eram pesadas, embora parecessem conter uma curiosa característica de cautela; uma característica da qual desgostei ainda mais exatamente por causa do peso dos passos. Ao entrar na sala, eu havia fechado a porta atrás de mim. Agora, depois de um momento de silêncio, durante o qual o habitante devia estar inspecionando minha bicicleta no corredor, ouvi um remexer atrapalhado no trinco, e vi a porta apainelada balançar, abrindo-se novamente.

À entrada da sala estava uma pessoa de aparência tão singular que eu teria gritado alto, não fossem as restrições determinadas por uma boa criação. Velho, de barba branca e maltrapilho, meu anfitrião possuía um rosto e um físico que inspiravam, igualmente, assombro e respeito. Sua altura não devia ser menor que 1,80 metro, e, apesar de um ar generalizado de idade e pobreza, era robusto e poderoso em proporção. Sua face, praticamente escondida por uma longa barba que crescia até as maçãs do rosto, era anormalmente corada e menos enrugada do que se poderia esperar; enquanto, sobre a testa alta, caía uma mecha de cabelos brancos, um pouco escassos devido ao passar dos anos. Seus olhos azuis, embora um pouco avermelhados, pareciam inexplicavelmente ávidos e ardentes. Não fosse por seu horrível aspecto desgrenhado, o homem teria um ar de elegância tão grande quanto sua imponência. A aparência desalinhada, porém, tornava-o ofensivo, apesar de sua expressão e de seu físico. Do que consistiam suas roupas eu dificilmente poderia dizer, pois me pareciam não mais que um monte de trapos sobre um par de botas altas e pesadas; e sua falta de higiene ia além da descrição.

A fisionomia desse homem e o medo instintivo que ele inspirava me prepararam para certa hostilidade; de modo que quase estremeci, entre a surpresa e uma sensação de assombrosa incoerência, quando ele gesticulou, oferecendo uma cadeira, e dirigiu-se a mim, com uma voz fraca e fina, repleta de um respeito elogioso e de uma agradável hospitalidade. Sua fala era muito curiosa, uma forma extrema do dialeto ianque, que eu pensara estar extinta há muito tempo; e estudei-a atentamente, enquanto ele se sentava à minha frente para conversar.

"Apanhado pela chuva, sim?", ele me cumprimentou. "Que bom que você estava perto da casa e teve o bom senso de entrar. Calculo que eu estivesse dormindo, do contrário o teria ouvido – já não sou tão jovem como costumava ser, e, hoje em dia, preciso de uma grande quantidade de cochilos. Viajando de longe? Não tenho visto muita gente por essa estrada desde que retiraram a diligência de Arkham."

Respondi que estava indo para Arkham e pedi desculpas pela minha entrada grosseira em seu domicílio, ao que ele continuou.

"Prazer em vê-lo, jovem senhor – é raro ver rostos novos por aqui, e não tenho muito com o que me entreter nesses dias. Suponho que tenha vindo de Boston, não é? Nunca estive lá, mas sei reconhecer um homem da cidade quando o vejo; tivemos um como professor no distrito, em 1884, mas ele abandonou seus alunos, e ninguém nunca mais ouviu falar dele desde então."

Nesse momento, o velho soltou uma espécie de risadinha, e não deu nenhuma explicação quando o questionei. Ele aparentava estar de muito bom humor, embora possuísse aquelas supostas excentricidades de seus cuidados pessoais. Por algum tempo, ele divagou, com um entusiasmo quase febril, quando me ocorreu perguntar-lhe como havia encontrado um livro tão raro como *Regnum Congo*, de Pigafetta. O efeito que esse volume havia me causado ainda me influenciava, e senti certa hesitação em falar sobre ele; mas a curiosidade dominou todos os vagos medos que haviam se acumulado sem parar desde meu primeiro vislumbre da casa. Para meu alívio, a questão não pareceu ser incômoda, pois o velho a respondeu à vontade e com eloquência.

"Ah, o livro da África? O capitão Ebenezer Holt me vendeu em 1868 – ele, que foi morto na guerra."

Algo sobre o nome de Ebenezer Holt fez-me levantar os olhos, subitamente. Eu o havia encontrado em minha pesquisa genealógica, mas em nenhum registro desde a Revolução. Perguntei-me se meu anfitrião poderia me ajudar na tarefa em que estava trabalhando, e resolvi indagá-lo a respeito mais tarde. Ele continuou.

"Ebenezer esteve em um navio mercante de Salém por alguns anos, e costumava recolher uma série de coisas estranhas em cada porto. Conseguiu o livro em Londres, acredito – ele gostava de comprar coisas nas lojas. Eu estava na casa dele nas colinas, certa vez, negociando cavalos, quando vi esse livro. Apreciei as imagens, então ele o cedeu em uma troca. É um livro estranho – aqui, deixe-me pegar meus óculos…"

O velho remexeu seus trapos e exibiu um par de óculos sujos e surpreendentemente antigos, com pequenas lentes octogonais e armação de aço. Colocou-os, pegou o volume sobre a mesa e virou as páginas, com carinho.

"Ebenezer sabia ler um pouco – está em latim –, mas eu não sei. Consegui que dois ou três professores lessem um pouco para mim, e também o pastor Clark, que dizem ter se afogado no lago – você consegue entender algo?"

Eu disse a ele que sim, e traduzi um parágrafo próximo do início. Se errei, ele não era erudito o suficiente para me corrigir, pois parecia estar satisfeito, como uma criança, com a minha versão em inglês. Sua proximidade estava se tornando bastante desagradável, mas eu não via como escapar sem ofendê-lo. Divertia-me com o modo infantil com que esse homem velho e inculto apreciava as gravuras de um livro que não sabia ler, e perguntei-me quão melhor ele conseguiria ler os poucos livros em inglês que decoravam a sala. Essa manifestação de simplicidade eliminou muito da imprecisa apreensão que eu sentira, e sorri enquanto meu anfitrião divagava:

"É estranho como figuras podem fazer uma pessoa refletir. Veja esta aqui, perto do início. Você já viu árvores como essas, com grandes folhas esvoaçando para cima e para baixo? E esses homens – não podem ser negros –, eles superam tudo no livro. São mais parecidos com indígenas, eu acho, mesmo que estejam na África. Algumas dessas criaturas parecem macacos, ou metade macacos e metade humanos, mas nunca ouvi falar de nada assim."

Nesse momento, ele apontou para uma criação fabulosa do artista, que poderia ser descrita como uma espécie de dragão com a cabeça de um jacaré.

"Mas, agora, vou lhe mostrar a melhor de todas, bem aqui no meio..."

A voz do velho tornou-se um pouco mais grossa, e seus olhos assumiram um brilho mais intenso; no entanto, suas mãos atrapalhadas, embora parecessem mais desajeitadas que antes, revelaram-se inteiramente adequadas para sua missão. O livro se abriu, quase por vontade própria, como se fosse sempre consultado naquele ponto – a página da repulsiva gravura XII, que ilustrava um açougue entre os canibais anziques. Minha sensação de inquietação retornou, embora eu não a revelasse. O que era mais especialmente bizarro era que o artista havia feito com que os africanos parecessem homens brancos – os membros e as partes esquartejadas penduradas nas paredes do açougue eram horripilantes, enquanto o açougueiro, com seu machado, era terrivelmente ilógico. No entanto, meu anfitrião parecia apreciar a figura tanto quanto eu a detestava.

"O que você acha disto... Nunca viu nada assim por aqui,

não é? Quando vi esta imagem, disse a Eb Holt: 'Isto é algo que estimula e faz o sangue formigar'. Quando leio nas Escrituras sobre matanças – como quando os midianitas foram assassinados –, eu imagino coisas como estas, mas não possuo nenhuma imagem dessas cenas. Aqui se pode ver como funciona – Acredito que se trate de um pecado, mas nós todos não nascemos e vivemos no pecado? – Este sujeito, que está sendo cortado em pedaços, me faz sentir calafrios sempre que o vejo... Mas eu... Eu preciso continuar olhando para ele... Você vê onde o açougueiro cortou seus pés? Aquela é a cabeça dele, sobre o banco, ao lado de um braço, e o outro braço está do lado oposto, junto de um bloco de carne."

Enquanto o homem continuava a resmungar em seu chocante êxtase, a expressão em seu rosto barbado, com os óculos, tornou-se indescritível, mas o volume de sua voz decaiu ao invés de aumentar. De minhas próprias sensações mal posso me recordar. Todo o terror que, antes, eu havia sentido vagamente me arrebatou de modo enérgico e vívido, e percebi que abominava a velha e repugnante criatura tão próxima de mim, com uma intensidade infinita. Sua loucura, ou, ao menos, sua perversão parcial, parecia ir além de qualquer contestação. Agora, ele estava quase sussurrando, com uma rouquidão mais terrível que um grito, e eu estremeci ao ouvi-lo.

"Como eu disse, é estranho como essas figuras podem fazer uma pessoa refletir. Sabe, jovem senhor, gosto muito desta imagem aqui. Depois que consegui o livro com Eb, costumava folheá-lo com frequência, especialmente depois de ter ouvido o pastor Clark dar seus sermões, aos domingos, com sua grande peruca. Certa vez, tentei algo engraçado... Veja, jovem senhor, não se assuste... Tudo o que fiz foi observar a gravura antes de abater as ovelhas para vendê-las no mercado... Abater ovelhas era mais divertido depois de observar a imagem..."

O tom da voz do velho tornou-se, então, muito baixo, por vezes se enfraquecendo de tal modo que suas palavras eram quase inaudíveis. Escutei a chuva e o barulho das janelas embaçadas, de vidraças pequenas, e ouvi o estouro de um trovão nas proximidades, bastante incomum para aquela época do ano. Em dado momento, um clarão tremendo e um estrondo sacudiram a frágil casa até suas fundações, mas o homem que sussurrava não pareceu notar.

"Abater ovelhas era mais divertido... Mas, você sabe, não era tão prazeroso. É estranho como o desejo pode nos dominar. – Por amor ao todo-poderoso, meu jovem senhor, não diga nada a ninguém, mas juro por Deus que a gravura começou a me deixar com fome de uma comida que eu não podia nem criar nem comprar... Veja, fique calmo, o que o está preocupando? – Eu não fiz nada, só fiquei a imaginar como seria se eu o fizesse... – Eles dizem que a carne cria sangue e músculos, e lhe dá vida nova, então me perguntei se um homem não viveria cada vez mais se comesse uma carne mais semelhante à sua própria..."

Mas o velho nunca continuou. A interrupção não fora produzida pelo meu pavor, nem pela tempestade, cada vez mais intensa, em meio à cuja fúria eu estava prestes a abrir meus olhos, em uma solidão enfumaçada de ruínas enegrecidas. Fora produzida por um acontecimento muito simples, embora um tanto incomum.

O livro estava aberto entre nós, com a gravura repulsivamente voltada para cima. Enquanto o velho sussurrava as palavras "mais semelhante à sua própria", o pequenino impacto de um respingo foi ouvido, e algo apareceu no papel amarelado do livro aberto. Eu pensei na chuva e em um telhado com goteiras, mas a chuva não é vermelha. No açougue dos canibais anziques, um pequeno respingo vermelho cintilava, curiosamente, conferindo vivacidade ao horror da gravura. Ao vê-lo, o velho parou de sussurrar, antes mesmo que minha expressão horrorizada fizesse com que isso fosse necessário; viu o respingo e olhou rapidamente em direção ao assoalho do quarto de onde havia saído uma hora antes. Segui seu olhar e observei, logo acima de nós, no reboco solto do teto antigo, uma mancha grande e irregular, de um carmim umedecido, que parecia se espalhar enquanto eu a contemplava. Não gritei nem me mexi, apenas fechei os olhos. Um momento depois, irrompeu o titânico raio de todos os raios, explodindo aquela casa maldita, de segredos indizíveis, e provocando o esquecimento que, por si só, salvou minha mente.

JOB
LAS
PIRAMIDES

Sob as Pirâmides

Capítulo 1

Mistério atrai mistério. Desde a ampla divulgação do meu nome como um artista de feitos inexplicáveis, deparei com estranhas narrativas e acontecimentos que, dada a minha profissão, levaram as pessoas a relacionarem-nos com meus interesses e atividades. Alguns destes se revelaram corriqueiros e irrelevantes, alguns profundamente dramáticos e fascinantes, alguns ocasionaram experiências estranhas e perigosas, e alguns me envolveram em extensas investigações históricas e científicas. Já falei, e devo continuar a falar, muito abertamente, sobre muitos desses casos; mas há um deles sobre o qual comento com grande hesitação, e o qual estou agora relatando somente depois de uma persuasiva sessão interrogatória dos editores desta revista, que ouviram vagos rumores sobre ele de outros membros da minha família.

O episódio até então velado se relaciona com minha visita a lazer ao Egito, 14 anos atrás, e eu o tenho evitado por diversas razões. Em primeiro lugar, sou contrário à exploração de certos fatos e condições, inegavelmente reais, sem dúvida desconhecidos à infinidade de turistas que se aglomera em torno das pirâmides e aparentemente ocultados, com muito cuidado, pelas autoridades do Cairo, que não podem ignorá-los completamente. Além disso, desagrada-me narrar um caso no qual minha própria imaginação fantástica deve ter tido grande participação. O que vi – ou o que pensei ter visto – certamente não aconteceu; mas é melhor que seja considerado o resultado de minhas então recentes leituras sobre egiptologia, e das especulações a respeito desse tema que meu entorno naturalmente evocara. Esses estímulos imaginativos, amplificados pela excitação de um acontecimento real, terrível o suficiente por si próprio, com certeza originaram o horror que se originou daquela noite grotesca de tanto tempo atrás.

Em janeiro de 1910, eu havia concluído um compromisso profissional na Inglaterra e assinado um contrato para uma turnê em teatros australianos. Possuindo um tempo livre para uma viagem, estava determinado a aproveitá-lo ao máximo, realizando o tipo de passeio que mais me interessasse; assim, acompanhado por minha esposa, desloquei-me com prazer para o sul do continente, e, em Marselha, embarquei no *P&O Steamer Malwa*, rumo a Porto Saíde. A partir dali, sugeri que visitássemos as principais localidades históricas do Baixo Egito, antes de, finalmente, partirmos para a Austrália.

A viagem tinha sido muito agradável, animada por muitos dos incidentes divertidos que acontecem com um ilusionista quando não está a trabalho. Eu havia planejado, pelo bem de uma viagem tranquila, manter meu nome em segredo; mas fui incentivado a trair a mim mesmo por um colega, também mágico, cuja ansiedade em surpreender os passageiros com truques simples havia me provocado a reproduzir e exceder suas proezas, de modo bastante destrutivo ao meu anonimato. Menciono esse fato por causa de seu principal efeito – um efeito que eu deveria ter previsto, antes de me revelar para os turistas no navio, prestes a se espalharem por todo o vale do Nilo. Minha identidade acabou sendo anunciada para onde quer que eu fosse em seguida, e minha esposa e eu fomos privados de toda tranquila discrição que procurávamos. Ao viajar em busca de curiosidades, muitas vezes fui forçado a passar por inspeções, como se fosse, eu mesmo, um tipo de curiosidade!

Havíamos ido para o Egito à procura de coisas curiosas e misticamente impressionantes, mas não encontramos muito quando o navio se aproximou de Porto Saíde e descarregou os passageiros, em pequenos barcos. Pequenas dunas de areia, boias balançando na água rasa e uma cidadezinha desoladoramente europeia, sem nada de interessante exceto a grande estátua de De Lesseps, deixaram-nos ansiosos para encontrar algo que valesse mais a pena. Depois de alguma discussão, decidimos prosseguir imediatamente para o Cairo e as pirâmides, e, depois, ir para Alexandria, para embarcar no navio australiano e contemplar qualquer vista greco-romana que a antiga metrópole pudesse nos proporcionar.

A viagem de trem foi suficientemente aceitável e levou apenas quatro horas e meia. Vimos muito do canal de Suez, cuja rota seguimos até Ismaília, e, mais tarde, tivemos uma amostra do Antigo Egito, em um vislumbre do restaurado canal de água fresca do Médio Império. Então, enfim, observamos o Cairo tremeluzindo através do crescente anoitecer; uma constelação cintilante, que se transformou em um brilho enquanto paramos na enorme Estação Central.

No entanto, mais uma vez decepções nos aguardavam, pois tudo o que contemplamos era europeu, com exceção dos trajes e das multidões. Uma simples passagem subterrânea levava a uma praça fervilhante – repleta de carruagens, táxis e bondes – e deslumbrante, com luzes elétricas brilhando em altos edifícios; nela se localizava o teatro ao que eu fora, em vão, convidado a me apresentar, que mais tarde visitei como espectador e que havia sido recentemente renomeado como Cosmógrafo Americano. Paramos no Hotel Shepheard, chegando em um táxi que nos conduziu, em grande velocidade, pelas ruas largas e inteligentemente construídas;

e, em meio ao serviço perfeito de seu restaurante, aos elevadores e aos luxos em geral anglo-americanos, o oriente misterioso e o passado imemorial pareciam muito distantes.

O dia seguinte, no entanto, lançou-nos de maneira agradável no coração da atmosfera das *Mil e Uma Noites*; e, nos caminhos sinuosos e na exótica linha do horizonte do Cairo, a Bagdá de Harun-al-Rashid parecia viver novamente. Instruídos pelo nosso guia de viagens *Baedeker*, havíamos chegado ao Oriente, passando pelos jardins de Ezbekiyeh, ao longo de Mouski, na busca do distrito nativo, e logo estávamos nas mãos de um insistente guia turístico, que – apesar dos acontecimentos futuros – era seguramente um mestre em seu ramo.

Apenas mais tarde compreendi que deveria ter solicitado um guia licenciado no hotel. Esse homem, um sujeito de barba feita, com uma voz peculiarmente abafada e relativamente asseado, que se parecia com um faraó e se apresentava como Abdul Reis el Drogman, parecia ter muito poder sobre seus semelhantes; embora, mais tarde, a polícia tenha declarado não conhecê-lo e sugerido que "Reis" era apenas um nome para qualquer pessoa de autoridade, enquanto "Drogman" era, obviamente, nada mais que uma variedade desajeitada da palavra que nomeava um líder de grupos turísticos – dragomano.

Abdul nos conduziu entre maravilhas sobre as quais havíamos apenas lido ou sonhado. O Velho Cairo é, por si só, um livro de histórias e um sonho – labirintos de vielas estreitas que evocam segredos aromáticos; varandas e sacadas envidraçadas decoradas com arabescos que quase dão para ruas de paralelepípedos; turbilhões de tráfego oriental em meio a gritos estranhos, estalos de chicotes, carrinhos de mão estridentes, moedas tilintando e burros zurrando; caleidoscópios de túnicas coloridas, véus, turbantes e *tarbuches*; carregadores de água e dervixes, cães e gatos, profetas e barbeiros; e, acima de todos os sons, os lamentos de mendigos cegos agachados em esconderijos, e os cânticos sonoros de almuadéns nos minaretes, que contrastam delicadamente contra o céu, de um azul profundo e imutável.

    Os bazares cobertos, mais silenciosos, não eram menos atraentes. Especiarias, perfumes, incensos, miçangas, tapetes, sedas e objetos de latão – o velho Mahmoud Suleiman agachava-se com as pernas cruzadas em meio às suas garrafas pegajosas, enquanto jovens falantes moíam mostarda no capitel oco de uma antiga coluna clássica – uma coluna romana coríntia, proveniente talvez das vizinhanças de Heliópolis, onde Augusto posicionou uma de suas três legiões egípcias. A antiguidade começava a se misturar com o exotismo. E, então, as mesquitas e o museu – nós os vimos todos, e tentamos não deixar que a nossa folia árabe cedesse ao charme mais sombrio do Egito Faraônico, que os tesouros inestimáveis do museu ofereciam. Esse seria o nosso clímax, e, por um momento, concentramo-nos nas glórias medievais sarracenas dos califas, cujas magníficas tumbas-mesquistas constituem uma resplandecente necrópole mágica às margens do deserto árabe.

    Por fim, Abdul nos levou ao longo da sharia Mohammed Ali, para a antiga mesquita do sultão Hassan, e para Babel-Azab, ladeada por torres, além da qual se erguia a íngreme passagem murada para a poderosa fortaleza que o próprio Saladino construíra com as pedras das pirâmides esquecidas. O sol se punha enquanto escalávamos o rochedo, circulávamos a moderna mesquita de Mohammed Ali e contemplávamos, do vertiginoso parapeito, o místico Cairo – o místico Cairo todo dourado, com seus domos esculpidos, minaretes etéreos e jardins flamejantes.

    Muito acima da cidade, elevava-se o grande domo romano do novo museu; e, além dele – do outro lado do enigmático Nilo amarelo, que é a mãe de eras e de dinastias –, espreitavam as ameaçadoras areias do deserto líbio, ondulante, brilhante e nocivo, com seus velhos mistérios.

O sol vermelho se ocultava, trazendo o frio implacável do crepúsculo egípcio, e, enquanto se equilibravam na beira do mundo como o antigo deus de Heliópolis – Re-Harakhte, o Hórus do Horizonte –, nós vimos, recortados contra sua destruição prata e dourada, os contornos negros das Pirâmides de Gizé – e as tumbas paleogênicas que já estavam ali havia milhares de anos, quando Tutancâmon ascendeu em seu trono de ouro, na distante Tebas. Então, soubemos que havíamos finalizado a visita pelo Cairo sarraceno, e que deveríamos provar dos mistérios mais profundos do Egito primitivo – a terra negra de Rá e Ámon, Ísis e Osíris.

Na manhã seguinte, visitamos as pirâmides, deslocando-nos em um carro Victoria pela grande ponte do Nilo, com seus leões de bronze, pela ilha de Ghizereh, com suas gigantescas árvores *lebbakh*, e pela ponte inglesa, menor, que levava à margem ocidental. Dirigimos pela estrada da costa, entre grandes fileiras de *lebbakhs*, passando pelo vasto Jardins Zoológico, até o subúrbio de Gizé, onde, depois, construíram uma nova ponte que, adequadamente, conduzia ao Cairo. Então, voltando-nos para o interior, ao longo da sharia el-Haram, cruzamos uma região de canais opacos e de pobres vilarejos nativos, até que, diante de nós, emergiram os objetos de nossa busca, dividindo as névoas da aurora e criando réplicas invertidas nas poças à beira da estrada. De fato, como dissera Napoleão a seus soldados, 40 séculos nos contemplavam.

A estrada se elevava abruptamente, até que, finalmente, chegamos ao ponto de translado entre a estação de bondes e o hotel Mena House. Abdul Reis, que, habilmente, havia comprado nossos ingressos para visitar as pirâmides, parecia se entender com a multidão de beduínos barulhentos e agressivos que habitavam um vilarejo sujo e lamacento a alguma distância e que, nocivamente, importunava todos os viajantes. Nosso guia os havia mantido, muito apropriadamente, longe de nós e nos garantido um excelente par de camelos, enquanto ele mesmo montava um burro, atribuindo a liderança de nossos animais a um grupo de homens e garotos cujo serviço era mais caro que útil. A área a ser atravessada era tão pequena que os camelos mal eram necessários, mas não nos arrependemos de acrescentar à nossa experiência esta incômoda forma de transporte pelo deserto.

As pirâmides ficavam em um alto planalto de rochas, e esse conjunto se reunia próximo à série de cemitérios majestosos e aristocráticos, mais ao norte, construída nas vizinhanças da extinta capital, Mênfis, que se localizava na mesma margem do Nilo, um pouco ao sul de Gizé, e que havia florescido entre 3400 e 2000 a.C. A maior das pirâmides, que ficava mais perto da moderna estrada, fora construída pelo rei Quéops ou Khufu, cerca de 2800 anos a.C., e possuía mais de 130 metros de altura. Seguindo uma linha a sudoeste dali, encontravam-se, sucessivamente, a segunda pirâmide – construída uma geração depois pelo rei Quéfren e que, embora um pouco menor, parecia ser ainda maior devido à sua localização, em um terreno mais elevado –, e a ainda radicalmente menor terceira pirâmide, do rei Miquerinos, construída cerca de 2700 anos a.C. Perto da beirada do planalto, e bem ao leste da segunda pirâmide, com um rosto provavelmente modificado para compor um retrato colossal de Quéfren, seu majestoso restaurador, localizava-se a monstruosa Esfinge – silenciosa, sarcástica e detentora de uma sabedoria que ia além da humanidade e da memória.

Pirâmides menores e vestígios de outras pequenas pirâmides em ruínas eram encontrados em diversos lugares, e todo o planalto estava repleto de tumbas de pessoas importantes mas de níveis inferiores na linha real. Essas últimas eram originalmente caracterizadas pelas mastabas, estruturas de pedra semelhantes a bancadas sobre profundas covas, como aquelas encontradas em outros cemitérios de Mênfis e exemplificadas pela Tumba de Perneb, no Museu Metropolitano de Arte de Nova York. Em Gizé, no entanto, todos os elementos visíveis foram varridos pelo tempo e pelos saques, e apenas as covas escavadas em pedra, cheias de areia ou esvaziadas pelos arqueólogos, permaneciam ali, para comprovar sua antiga existência. Conectada a cada tumba havia uma capela, na qual sacerdotes e parentes ofereciam comida e preces ao *ka* flutuante ou ao princípio vital do falecido. As pequenas tumbas possuíam sua capela dentro de sua mastaba de pedra ou em superestruturas, mas as capelas mortuárias das pirâmides, em que jaziam os majestosos faraós, eram templos separados, cada um a leste de sua pirâmide correspondente, e conectados, por uma passagem elevada, a uma enorme capela de entrada ou a um propileu na beirada do planalto rochoso.

A capela de entrada que levava à segunda pirâmide, praticamente enterrada nas areias sopradas pelo vento, escancarava-se, subterraneamente, a sudeste da Esfinge. Tradições persistentes apelidaram-na de "Templo da Esfinge"; e ela poderia, talvez, ser corretamente chamada assim, se a Esfinge de fato representasse o construtor da segunda pirâmide, Quéfren. Existem histórias desagradáveis sobre a Esfinge antes de Quéfren – mas quaisquer que fossem suas características mais antigas, o monarca as havia substituído pelas suas próprias, para que os homens contemplassem o colosso sem medo.

Foi na grande capela de entrada que a estátua de Quéfren, esculpida em diorito, em tamanho real, e que está agora no Museu Egípcio do Cairo, foi encontrada – uma estátua diante da qual parei, fascinado, quando a vi. Se o edifício todo está agora escavado não tenho certeza, mas, em 1910, a maior parte dele estava sob o solo, com sua entrada pesadamente fechada durante a noite. Os alemães estavam encarregados da tarefa, mas a guerra ou outras coisas devem tê-los interrompido. Eu teria dado tudo, em virtude da minha experiência e de certos sussurros dos beduínos desacreditados ou ignorados no Cairo, para descobrir o que havia acontecido com certo poço, em uma galeria transversal, em que estátuas do faraó foram encontradas em uma curiosa justaposição a estátuas de babuínos.

    A estrada, enquanto a atravessávamos em nossos camelos, naquela manhã, curvava-se acentuadamente, depois dos alojamentos de madeira da polícia, do correio, da farmácia e das lojas à esquerda, e mergulhava, ao sul e a leste, em um completo desvio, que subia o planalto rochoso e nos posicionava cara a cara com o deserto sob o abrigo da Grande Pirâmide. Passamos por construções gigantescas, contornando a face oriental, e vimos adiante um vale de pequenas pirâmides, além do qual o eterno Nilo cintilava, ao leste, e o eterno deserto tremeluzia, a oeste. Muito perto dali, apareciam as três grandes pirâmides, a maior delas desprovida de revestimento externo, exibindo suas pedras volumosas, enquanto as outras mantinham, aqui e ali, a cobertura com que foram habilmente revestidas e que lhes conferira uma aparência mais lisa e bem-acabada à sua época.

    Logo descemos em direção à Esfinge e nos sentamos, em silêncio, sob o feitiço daqueles terríveis olhos cegos. Na enorme face da rocha, distinguimos ligeiramente o símbolo de Re-Harakhte, por cuja imagem a Esfinge foi erroneamente atribuída, em uma dinastia posterior; e, embora a areia cobrisse a tábula entre as grandes patas, lembramo-nos do que Tutemés IV havia inscrito nela, e do sonho que tivera quando era príncipe. Foi então que o sorriso da Esfinge nos desagradou vagamente, e nos fez refletir sobre as lendas das passagens subterrâneas, sob a criatura monstruosa, que conduziam cada vez mais abaixo, rumo a profundezas que ninguém ousaria mencionar – profundezas conectadas a mistérios mais remotos que o Egito dinástico que escavamos, e que possuíam uma sinistra relação com a persistência de deuses anormais, com cabeças de animais, no antigo panteão nilótico. Foi então que, também, fiz a mim mesmo uma pergunta tola, cujo horrendo significado não se revelaria até muitas horas depois.

Outros turistas haviam começado a nos alcançar, e, então, seguimos em frente, em direção ao Templo da Esfinge, tomado pela areia, localizado 45 metros a sudoeste, e que eu já havia citado como o grande portão da passagem elevada para a capela mortuária da Segunda Pirâmide no planalto. A maior parte dele ainda estava enterrada, e, embora tivéssemos saído do carro e descido por uma passagem moderna até seu corredor de alabastro e um salão cheio de colunas, senti que Abdul e o empregado local alemão não tinham nos mostrado tudo o que havia para ver.

Em seguida, fizemos o convencional circuito do planalto das pirâmides, examinando a Segunda Pirâmide e as peculiares ruínas de sua capela mortuária, a leste; a Terceira Pirâmide e seus satélites em miniatura, ao sul, e a capela oriental em ruínas; as tumbas de pedra e as cavidades da Quarta e da Quinta dinastias; e a famosa Tumba de Campbell, cujo poço sombrio se precipitava por 16 metros até um sinistro sarcófago, que um dos condutores de nossos camelos desobstruiu da areia acumulada, depois de uma vertiginosa descida em uma corda.

Fomos surpreendidos por gritos vindos da Grande Pirâmide, onde beduínos importunavam um grupo de turistas, oferecendo orientação rumo ao topo ou demonstrações de trajetos mais rápidos e solitários acima e abaixo. Dizia-se que sete minutos era o recorde para tal subida e descida, mas muitos xeiques e filhos de xeiques vigorosos nos garantiam que podiam reduzi-lo para cinco minutos, se lhes fosse dado o incentivo necessário de uma generosa gorjeta, gorjeta. Não conseguiram tal incentivo, embora tenhamos deixado que Abdul nos levasse para cima, obtendo, assim, uma vista de um esplendor sem precedentes, que incluía não apenas a remota e resplandecente cidade do Cairo como também o plano de fundo, repleto de colinas douradas e violeta da fortaleza coroada, e, ainda, todas as pirâmides do distrito de Mênfis, de Abu Roach, ao norte, a Dachur, ao sul. A pirâmide de degraus de Sakkara, que marca a evolução das pequenas mastabas para as verdadeiras pirâmides, revelou-se, de forma clara e fascinante, na distância arenosa. Foi próximo a esse monumento de transição que a famosa tumba de Perneb foi encontrada – mais de 640 quilômetros ao norte do vale rochoso de Tebas, onde Tutancâmon repousava. Novamente, fui forçado ao silêncio pela pura admiração. A perspectiva de tal antiguidade e os segredos que cada um dos velhos monumentos pareciam guardar e ruminar encheram-me de consideração e de uma sensação de imensidão que nada, até então, havia me proporcionado.

Exaustos por causa da subida e enojados com os inoportunos beduínos, cujas ações pareciam desafiar todas as regras de bom gosto, dispensamos a árdua tarefa de entrar nas apertadas passagens interiores de qualquer uma das pirâmides, embora tivéssemos visto vários dos turistas mais resistentes preparando-se para o sufocante rastejar pelo memorial mais grandioso de Quéops. Como havíamos dispensado e pagado em excesso nossa escola local, e então retornado para o Cairo, com Abdul Reis, sob o sol da tarde, quase nos arrependemos de termos recusado a visita nas pirâmides. Corriam boatos de coisas fascinantes sobre as passagens inferiores das pirâmides que não constavam nos guias de viagens; passagens cujas entradas haviam sido rapidamente bloqueadas e ocultadas por certos arqueólogos reservados, que as tinham descoberto e começado a explorá-las.

É claro, em princípio, tratava-se de boatos amplamente infundados; mas era curioso refletir sobre a firme proibição de os visitantes entrarem nas pirâmides durante a noite, ou de visitarem as menores covas e a cripta da Grande Pirâmide. Talvez, em relação ao último caso, o efeito psicológico fosse temido – o efeito, no visitante, de sentir-se esmagado embaixo de um mundo gigantesco de sólidas construções; ligado à vida que conhecia através do mais simples túnel, no qual se podia apenas rastejar, e que qualquer acidente ou plano maligno poderia bloquear. Toda a questão parecia tão estranha e sedutora que resolvemos fazer outra visita no planalto da pirâmide, na oportunidade mais breve possível. Para mim, essa oportunidade apareceu muito antes do que eu esperava.

Naquela noite, com os membros do nosso grupo sentindo-se um tanto quanto cansados depois do extenuante programa do dia, saí sozinho com Abdul Reis, para uma caminhada pelo pitoresco distrito árabe. Embora eu tivesse visto os becos e os bazares durante o dia, queria observá-los ao anoitecer, quando as ricas sombras e o brilho suave da luz seriam adicionados a seu glamour e sua ilusão fantástica. As multidões nativas haviam se dispersado, mas eram ainda muito barulhentas e numerosas quando deparamos com um grupo de beduínos festeiros no Suken-Nahhasin, o bazar dos caldeireiros. Seu aparente líder, um jovem arrogante com traços fortes, que vestia um tarbuche inclinado de modo atrevido, percebeu a nossa presença e, sem dúvida, reconheceu, sem muita simpatia, meu guia qualificado porém admitidamente presunçoso e ironicamente disposto.

Talvez, pensei, ele se ofendesse com aquela estranha reprodução do meio sorriso da Esfinge, que eu havia observado com frequência, com uma irritação divertida; ou, talvez, ele não gostasse do abafado e da ressonância sepulcral da voz de Abdul. De qualquer forma, a troca de palavras ancestralmente vergonhosas tornou-se muito intensa; e, então, Ali Ziz – como ouvi o estranho ser chamado quando já não haviam nomes piores – começou a puxar violentamente a túnica de Abdul. A ação foi logo correspondida, levando a uma briga animada, em que ambos os combatentes perderam seus sagrados e estimados chapéus, e que teria chegado a uma situação ainda mais desesperada se eu não tivesse interferido e separado-os à força.

Minha interferência, de início aparentemente indesejada por ambos os lados, por fim levou a uma trégua. De modo sinistro, cada combatente controlou sua ira e suas vestimentas, e, com um ar de dignidade tão profundo quanto repentino, os dois firmaram um curioso pacto de honra, que logo descobri ser um costume muitíssimo antigo no Cairo – um pacto para resolver suas diferenças com uma luta a socos durante a madrugada, no alto da Grande Pirâmide, sob a luz do luar, muito depois da partida do último turista. Cada duelista deveria reunir um grupo de padrinhos, e a briga começaria à meia-noite, avançando em rodadas, da maneira mais civilizada possível.

Em todo esse planejamento, havia muitas coisas que estimulavam meu interesse. A luta, em si, prometia ser única e espetacular, enquanto a ideia da cena naquele velho monumento, cuja vista dava para o planalto antediluviano de Gizé, sob o fraco luar da madrugada pálida, atraía cada fibra de minha imaginação. Quando solicitei a Abdul para que me admitisse em seu grupo de padrinhos, ele demonstrou prontamente estar de acordo; de modo que, pelo restante do início da noite, eu o acompanhei a vários antros, nas regiões mais ilegítimas da cidade – a maioria a nordeste de Ezbekiyeh –, onde ele reuniu, um por um, um bando seleto e formidável de simpáticos assassinos como seus comparsas pugilistas.

Pouco depois das 21 horas, nosso grupo, montado em burros que possuíam nomes reais e sugestivos para os turistas, como "Ramsés", "Mark Twain", "J.P. Morgan" e "Minnehaha", esgueirou-se pelos labirintos de ruas orientais e ocidentais, atravessou o lamacento Nilo, repleto de mastros, através da ponte de leões de bronze, e galopou filosoficamente entre os *lebbakhs* na estrada para Gizé. Pouco mais de duas horas foram gastas na viagem; já pelo final, cruzamos com os últimos turistas que retornavam do passeio, saudamos o último bonde de regresso e ficamos sozinhos com a noite, o passado e a lua espectral.

Então, vimos as enormes pirâmides no fim da avenida, macabras, com uma vaga ameaça inata que eu não havia notado durante o dia. Até mesmo a menor delas ostentava um toque sinistro – pois não fora ali que haviam enterrado viva a rainha Nitócris, durante a sexta dinastia, a perspicaz Rainha Nitócris, que, outrora, havia convidado todos os seus inimigos para um banquete no templo localizado sob o Nilo e os afogado ao abrir as comportas? Lembrei que os árabes sussurravam coisas sobre Nitócris e evitavam a Terceira Pirâmide em certas fases da lua. Deve ter sido sobre ela que Thomas Moore meditava quando escreveu algo que os barqueiros de Mênfis costumavam murmurar:

> "A NINFA SUBTERRÂNEA QUE HABITA
> ENTRE JOIAS SOMBRIAS E GLÓRIAS OCULTAS –
> A SENHORA DA PIRÂMIDE!"

Embora estivéssemos adiantados, Ali Ziz e seu grupo estavam à nossa frente; pois havíamos visto seus burros enfileirados contra o planalto do deserto, em Kafr el-Haram, esquálido povoado árabe localizado próximo à Esfinge, em direção ao qual nos dirigíamos, em vez de seguir a estrada habitual para o hotel Mena House, onde alguns dos policiais, sonolentos e ineficientes, poderiam nos ter observado e nos detido. Ali, onde os imundos beduínos prendiam os camelos e os burros nas tumbas de pedra dos cortesãos de Quéfren, fomos conduzidos até as rochas e sobre a areia, rumo à Grande Pirâmide, sobre cujas laterais desgastadas pelo tempo os árabes se aglomeravam com entusiasmo, enquanto Abdul Reis me oferecia uma ajuda da qual eu não necessitava.

Como a maioria dos viajantes sabe, o verdadeiro topo dessa estrutura está desgastado há muito tempo, restando uma plataforma razoavelmente plana, de 10 metros quadrados. Nesse assustador pico, o grupo se reuniu, formando um ringue, e, em poucos instantes, a sarcástica lua do deserto observou uma disputa que, a não ser pelo caráter dos gritos ao redor, poderia muito bem ter acontecido em algum pequeno clube esportivo na América. Enquanto assistia à luta, senti que não faltavam algumas de nossas instituições menos desejadas; pois cada golpe, cada finta e cada defesa evidenciavam uma "simulação" para o meu olhar inexperiente. A briga acabou rapidamente, e, apesar de meus receios quanto aos métodos, senti uma espécie de orgulho particular quando Abdul Reis foi declarado vencedor.

A reconciliação foi fenomenalmente rápida, e, em meio à cantoria, à confraternização e à bebedeira que se seguiram, era difícil até mesmo imaginar que uma luta tivesse acontecido. Curiosamente, eu mesmo aparentava ser mais o centro das atenções que os antagonistas; e, dos meus limitados conhecimentos do árabe, julguei que eles discutiam minhas apresentações profissionais e minha habilidade em escapar de todo tipo de algemas e confinamentos. Aquilo indicava não apenas um conhecimento surpreendente sobre mim, mas uma ilustre hostilidade e uma incredulidade a respeito de meus truques de escapismo. Pouco a pouco, ocorreu-me que a antiga magia do Egito não havia desaparecido sem deixar vestígios, e que os fragmentos de uma estranha e secreta crença, além de práticas de cultos sacerdotais, havia sobrevivido clandestinamente entre os camponeses, com tal expansão que a façanha de um estranho *hahwi* ou um mágico era lamentada e contestada. Pensei em quanto o meu guia de voz abafada, Abdul Reis, se parecia com um antigo sacerdote egípcio, ou com um faraó, ou com a sorridente Esfinge... e me espantei.

De repente, algo aconteceu que, num piscar de olhos, comprovou a precisão de minhas reflexões e me fez amaldiçoar a estupidez com a qual acreditei nos acontecimentos daquela noite como outra coisa que não a "armação" vazia e maliciosa que agora revelava ser. Sem aviso, e sem dúvida em resposta a algum sinal sutil de Abdul, todo o bando de beduínos investiu contra mim;

e, com fortes cordas, logo haviam me amarrado, tão firmemente como nunca em minha vida, no palco ou fora dele.

No começo, tentei lutar, mas logo percebi que nenhum homem sozinho poderia ter sucesso contra um bando de mais de vinte fortes bárbaros. Minhas mãos estavam presas atrás das minhas costas, meus joelhos, completamente dobrados, e meus pulsos e tornozelos, atados com força por cordas implacáveis. Uma mordaça sufocante foi enfiada em minha boca, e uma venda, firmemente amarrada sobre meus olhos. Então, enquanto os árabes me carregavam sobre seus ombros e começavam uma descida saltitante pela pirâmide, ouvi os insultos do meu então guia, Abdul, que zombava e me ridicularizava com alegria, em sua voz abafada, e me garantia que, em breve, eu teria meus poderes mágicos postos à prova em um teste supremo – que rapidamente apagaria qualquer vaidade que eu tivesse acumulado ao triunfar em todos os testes que a América e a Europa me haviam oferecido. O Egito, ele me lembrou, era muito antigo e cheio de profundos mistérios e poderes antigos, nem sequer concebíveis aos especialistas de hoje, cujos truques haviam falhado, de modo tão uniforme, em me apanhar.

Quão longe, ou em que direção, fui carregado não sei dizer; pois as circunstâncias estavam todas contra a elaboração de qualquer avaliação precisa. Sei, porém, que não devíamos ter percorrido uma distância muito grande, pois aqueles que me carregavam em momento algum se apressaram para além de uma caminhada, embora tivessem me mantido suspenso por um tempo surpreendentemente curto. É essa enigmática brevidade que quase me faz estremecer sempre que penso em Gizé e no seu planalto – pois qualquer um se sente oprimido ao perceber proximidade das rotas turísticas cotidianas ao que existia na época e ainda deve existir.

A maligna anormalidade da qual falo não havia se manifestado de início. Colocando-me sobre uma superfície que reconheci como areia, em vez de pedra, meus captores passaram uma corda em torno do meu peito e me arrastaram por alguns metros, até uma abertura irregular no solo, para dentro da qual eles logo me baixaram, de forma muito brusca. Pelo que me pareceu uma eternidade, bati contra as laterais irregulares e rochosas de um estreito poço escavado, que imaginei ser uma das numerosas fossas sepulcrais do planalto, até que sua profundidade prodigiosa e quase incrível me tirou qualquer hipótese.

O horror da experiência se aprofundava a cada segundo exaustivo. A ideia de que uma descida pela rocha sólida e íngreme poderia ser tão extensa sem alcançar o centro do próprio planeta, ou que qualquer corda feita pelo homem pudesse ser tão longa de modo a me suspender nessas profundezas profanas e aparentemente insondáveis do submundo da terra, era tão grotesca que ficava mais fácil duvidar de meus sentidos agitados do que aceitá-los. Mesmo agora não estou certo, pois sei quão enganosa se torna a noção de tempo quando uma ou mais das percepções ou condições habituais da vida são eliminadas ou distorcidas. Mas quase tenho certeza de que eu havia preservado uma consciência lógica até então; que, pelo menos, não havia acrescentado nenhum fantasma da imaginação a uma figura horrenda o suficiente em sua realidade, e explicável por um tipo de ilusão cerebral muito precisa de uma verdadeira alucinação.

Tudo isso não foi a causa do meu primeiro desmaio. O surpreendente tormento era cumulativo, e o início dos terrores posteriores se deu com um aumento perceptível na velocidade de minha descida. Agora, eles estavam baixando muito rápido a longuíssima corda, e eu me arranhava de modo brutal contra as laterais ásperas e apertadas do poço, enquanto despencava loucamente para baixo. Minhas roupas estavam esfarrapadas, e senti o sangue escorrendo por toda parte, apesar da dor crescente e excruciante. Minhas narinas também foram tomadas por uma ameaça difícil de ser definida: um gradual cheiro de umidade e mofo, curiosamente distinto de qualquer cheiro que eu já tivesse sentido antes, com um leve toque de especiaria e incenso, que lhe conferia um elemento de zombaria.

Então, veio a catástrofe mental. Foi horrível – horrendo além de todas as descrições articuladas, porque ocorreu em toda a alma, sem nenhum detalhe a descrever. Era o êxtase do pesadelo e a somatória do diabólico. Sua imprevisibilidade foi apocalíptica e demoníaca – em um instante, eu estava mergulhando para baixo, de modo agonizante, naquele poço estreito da tortura de milhões de dentes; contudo, no momento seguinte, eu estava planando com asas de morcego nos abismos do inferno, oscilando livremente e precipitando-me por incontáveis quilômetros de um espaço mofado e infinito, subindo vertiginosamente por picos descomunais de éter frio e, então, despencando, de maneira ofegante, em direção a nadires sugadores de pequenos vácuos vorazes e nauseantes... Agradeço a Deus pela misericórdia que bloqueou, no esquecimento, as Fúrias cheias de garras da consciência, que quase desequilibraram minha sanidade e rasgaram meu espírito como uma harpia! Aquela única trégua, por mais breve que fosse, deu-me a força e o equilíbrio para suportar aquelas sublimações de pânico cósmico ainda maiores, que espreitavam e balbuciavam na estrada à frente.

Capítulo 2

Foi muito gradualmente que recuperei meus sentidos depois daquele voo sobrenatural através do espaço tenebroso. O processo foi infinitamente doloroso, e colorido por sonhos fantásticos, nos quais minha condição amarrada e amordaçada encontrou uma materialização singular. A natureza precisa desses sonhos era muito clara enquanto eu os experienciava, mas se tornou confusa em minha memória quase imediatamente em seguida, e foi logo reduzida ao mais simples esboço dos terríveis eventos – reais ou imaginários – que se seguiram. Sonhei que uma grande e horrível pata me segurava; uma pata amarelada, peluda, com cinco garras, que tinha se estendido para fora da terra para me esmagar e me tragar. E, quando parei para pensar no que era a pata, parecia-me ser o Egito. No sonho, eu recordava os eventos das semanas anteriores e via a mim mesmo, pouco a pouco, atraído e enredado, súbita e traçoeiramente, por algum diabólico espírito macabro da mais velha feitiçaria do Nilo; algum espírito que estava no Egito antes mesmo que o homem, e que ainda estará quando não houver mais homens.

Eu vi o horror e a nociva antiguidade do Egito, e a apavorante aliança que ela sempre tivera com as tumbas e os templos dos mortos. Vi fantasmagóricas processões de sacerdotes com cabeças de touros, falcões, gatos e íbis; fantasmagóricas processões marchando interminavelmente por labirintos subterrâneos e avenidas de portais titânicos, ao lado dos quais o homem era uma mosca, e oferecendo sacrifícios inomináveis para deuses indescritíveis. Colossos de pedras marchavam na noite sem fim e conduziam rebanhos de androsfinges sorridentes, até as margens de enormes e imóveis rios de piche. E, por trás disso tudo, vi a indescritível perversidade do feitiço originário, obscuro e disforme, atrapalhando-se avidamente atrás de mim, na escuridão, para estrangular o espírito que ousara zombar dela, desafiando-a.

No meu cérebro dormente, tomou forma um melodrama de ódio e perseguição sinistros; e vi a alma obscura do Egito identificando-me e me chamando com sussurros inaudíveis; chamando-me e me atraindo, conduzindo-me com o brilho e o glamour de uma superfície sarracena, mas sempre me puxando para baixo, em direção às incrivelmente antigas catacumbas e aos horrores de seu coração faraônico, morto e abismal.

Então, os rostos do sonho adquiriram semelhanças humanas, e vi o meu guia, Abdul Reis, com a túnica de um rei, exibido em seus traços a zombaria da Esfinge. E soube que aqueles traços eram os de Quéfren, o Grande, que erguera a Segunda Pirâmide, esculpira sobre a face da Esfinge suas próprias características e construíra aquela titânica passagem para o templo, cujos inúmeros corredores os arqueólogos pensavam ter desenterrado da enigmática areia e da rocha silenciosa. E olhei para a mão longa, magra e rígida de Quéfren; a mão longa, magra e rígida como a tinha visto na estátua de diorito no Museu Egípcio do Cairo – a estátua que havia sido encontrada na terrível passagem para o templo –, e me espantei por não ter gritado quando a vi em Abdul Reis... Aquela mão! Era terrivelmente fria e estava me esmagando; era o frio e a restrição do sarcófago... o frio e a pressão do inesquecível Egito... Era o próprio Egito, obscuro e necropolitano... Aquela pata amarela... E eles sussurravam tantas coisas sobre Quéfren...

Mas, a essa altura, comecei a acordar – ou, pelo menos, a assumir uma condição menos completa de sono que a anterior. Recordei-me da luta no topo da pirâmide, dos traiçoeiros beduínos e de seu ataque, da minha amedrontadora descida por corda pelas infinitas profundezas de rocha, e do meu louco balanço e mergulho em um vazio frio, que evocava uma putrefação aromática. Percebi que estava, então, sob um chão úmido de pedra, e que minhas amarras ainda me corroíam, com uma força desprendida. Estava muito frio, e pensei detectar uma leve corrente de ar nocivo espalhando-se ao meu redor. Os cortes e hematomas que havia adquirido nas colisões com as laterais pontiagudas do poço rochoso doíam lamentavelmente, e a dor aumentava, a uma intensidade cortante ou ardente, devido a alguma qualidade dolorosa na fraca corrente de ar. E o simples ato de me virar foi suficiente para fazer minha completa estrutura latejar, com uma agonia incalculável.

Ao me virar, senti um puxão vindo de cima, e concluí que a corda pela qual eu fora baixado ainda chegava à superfície. Se os árabes ainda a seguravam eu não tinha a menor ideia; também não sabia dizer quão profundamente abaixo da terra eu estava. Sabia que a escuridão ao meu redor era total, ou quase total, já que nenhum raio de luz da lua penetrava pela minha venda; mas não confiava nos meus sentidos o suficiente para aceitar as evidências da extrema intensidade da sensação de longa duração que havia caracterizado a minha descida.

Sabendo que, pelo menos, eu me encontrava em um espaço de tamanho considerável, alcançado diretamente pela superfície acima através de uma abertura na rocha, supus, com certa dúvida, que minha prisão era, talvez, a capela do portal do antigo Quéfren – o Templo da Esfinge; talvez alguns corredores internos que os guias não haviam me mostrado durante a visita da manhã, e dos quais eu poderia facilmente escapar, se conseguisse encontrar o caminho para a entrada obstruída. Seria um percurso labiríntico, mas nada pior que outros dos quais, no passado, eu conseguira escapar.

O primeiro passo era me livrar da corda, da mordaça e da venda, e eu sabia que não seria uma grande tarefa, já que especialistas mais engenhosos que esses árabes haviam tentado me desafiar, com toda espécie conhecida de imobilização, ao longo de minha extensa e diversificada carreira como um expoente do escapismo, embora nunca tivessem obtido sucesso em vencer meus métodos.

Então, ocorreu-me que os árabes poderiam estar prontos para me encontrar na entrada e me atacar diante de qualquer evidência da minha provável escapada das cordas que me amarravam – como seria evidente por qualquer incontestável agitação da corda, que eles provavelmente seguravam. Isso, é claro, tendo como certo que o lugar onde eu estava confinado era, de fato, o Templo da Esfinge de Quéfren. A abertura direta no teto, onde quer que estivesse escondida, não poderia estar além do fácil alcance da entrada comum e moderna, próxima à Esfinge; isso se, de fato, ela estivesse a uma grande distância na superfície, pois a área total conhecida pelos visitantes não era muito grande. Eu não havia notado nenhuma abertura nesses moldes durante minha peregrinação diurna, mas sabia que essas coisas eram facilmente ignoradas em meio à areia soprada pelo vento.

Reavaliando tais questões, enquanto estava curvado e amarrado no chão de pedra, quase me esqueci dos horrores da descida abismal e do balanço cavernoso que, havia tão pouco tempo, levara-me ao coma. Naquele momento, eu só pensava em como enganar os árabes e, portanto, estava determinado a me libertar o mais rápido possível, evitando qualquer puxão na corda pendente, o que poderia pôr em evidência uma efetiva ou até mesmo problemática tentativa de libertação.

Isso, porém, foi mais fácil de determinar que de realizar. Alguns testes preliminares deixaram claro que pouco poderia ser feito sem nenhum movimento considerável; e não me surpreendi quando, depois de um esforço especialmente enérgico, comecei a sentir a corda pendente se enrolando, enquanto caía e se amontoava sobre mim e ao meu redor. Obviamente, pensei, os beduínos haviam sentido os meus movimentos e soltado a ponta da corda; sem dúvida, apressando-se em direção à verdadeira entrada do templo, para esperar sanguinariamente por mim.

As perspectivas não eram agradáveis – mas, à minha época, eu já havia encarado coisas piores, sem vacilar, e não seria agora que recuaria. No momento, eu deveria, antes de qualquer coisa, me libertar das amarras, e, então, confiar na criatividade para escapar ileso do templo. Era curioso quão naturalmente passei a acreditar que estava no antigo Templo de Quéfren, ao lado da Esfinge, a apenas uma curta distância abaixo do solo.

Essa crença foi destruída, e toda a apreensão anterior de

profundidade sobrenatural e todo o mistério demoníaco foram ressuscitados, por uma circunstância que crescia em horror e significado, mesmo enquanto eu elaborava meu plano filosófico. Comentei que a corda pendente estava amontoada sobre mim e no meu entorno. Então, vi que ela continuava a se empilhar, como nenhuma corda de comprimento normal poderia fazer. O movimento ganhou força e velocidade, e se tornou uma avalanche de cânhamo, acumulando-se no chão como uma montanha, quase me enterrando embaixo de seus caracóis rapidamente multiplicados. Logo eu estava completamente coberto, ansiando por um respiro, enquanto as crescentes espirais despencavam e me sufocavam.

Meus sentidos vacilaram mais uma vez, e tentei, vagamente, enfrentar a ameaça desesperada e inevitável. Não era apenas o fato de que estava sendo torturado para além da resistência humana – não era apenas a sensação de que a vida e o ar pareciam se esvair, vagarosamente, para fora de mim –, mas a compreensão do que aquele anormal pedaço de corda implicava, e a consciência de que abismos desconhecidos e incalculáveis do interior da terra deviam estar, nesse momento, me cercando. Minha descida infinita e o voo balançante através de espaços demoníacos, então, devem ter sido reais, e mesmo agora devo estar deitado, desamparado, em algum mundo sem nome, repleto de cavernas em direção ao centro do planeta. Tal confirmação repentina de extremo horror foi insuportável, e caí, pela segunda vez, em uma inconsciência misericordiosa.

Quando digo inconsciência não quero dizer que estava livre dos sonhos. Pelo contrário, minha ausência no mundo consciente foi marcada por visões da mais espantosa monstruosidade. Deus! Se ao menos eu não tivesse lido tanto sobre egiptologia antes de vir a esta terra que é a fonte de toda escuridão e terror! Esse segundo momento de desmaio encheu, mais uma vez, minha mente sonolenta de percepções arrepiantes sobre o país e seus antigos segredos, e, por algum perverso acaso, meus sonhos se voltaram para as antigas concepções dos mortos e sua permanência, em corpo e alma, além daquelas tumbas misteriosas, que eram mais como casas que como túmulos. Lembrei-me – por meio de formas oníricas das quais é bom que eu não me recorde – da peculiar e elaborada construção dos sepulcros egípcios, e das muito singulares e espetaculares doutrinas que determinavam essa construção.

Tudo em que essas pessoas pensavam era a morte e os mortos. Eles imaginavam uma ressurreição literal do corpo, que os fazia ser mumificados com cuidado extremo, preservando-se todos os órgãos vitais em vasos canópicos próximos aos cadáveres. Já junto ao corpo, acreditavam existir outros dois elementos: a alma, que após sua pesagem e a aprovação de Osíris, habitava na terra dos abençoados; e o obscuro e portentoso *ka*, ou o princípio da vida, que vagava pelos mundos superiores e inferiores de forma horripilante, exigindo acesso ocasional ao corpo preservado, consumindo as oferendas de alimentos trazidas por sacerdotes e parentes devotos à capela mortuária e, às vezes – como sussurravam os homens –, tomando seu corpo ou a sua réplica de madeira, que sempre era enterrada a seu lado, e, então, perseguindo o exterior de maneira maléfica, em missões peculiarmente repulsivas.

Por milhares de anos, aqueles corpos descansaram, maravilhosamente envoltos e encarando o mundo acima, com os olhos vidrados, quando não eram visitados pelo *ka*, esperando pelo dia em que Osíris restauraria tanto o *ka* como a alma e conduziria adiante as rígidas legiões dos mortos, vindos das submersas casas do sono. Deve ter sido um renascimento glorioso – porém, nem todas as almas eram aprovadas, nem eram todas as tumbas invioladas; e, assim, certos erros grotescos e anormalidades diabólicas deveriam ser procurados. Ainda hoje, os árabes murmuram sobre reuniões profanas e adorações nocivas em abismos inferiores esquecidos, que apenas os *kas* alados e invisíveis e as múmias sem alma podem visitar e retornar ilesos.

Talvez as lendas que congelavam o sangue de forma mais maliciosa sejam aquelas que se relacionam a certos produtos perversos do decadente clericalismo – múmias híbridas, elaboradas pela união artificial de torsos e membros humanos com as cabeças de animais, em uma imitação dos deuses mais antigos. Em todos os estágios da história, os animais sagrados eram mumificados, de modo que touros, gatos, íbis, crocodilos e semelhantes consagrados pudessem, algum dia, retornar à glória superior. Mas somente durante a decadência eles haviam misturado os humanos com os animais na mesma múmia – somente durante a decadência, quando não entendiam os direitos e as prerrogativas do *ka* e da alma.

O que aconteceu com aquelas múmias híbridas não foi contado – pelo menos publicamente –, e é certo que nenhum egiptólogo jamais encontrou alguma delas. Os murmúrios dos árabes são muito loucos, e neles não se pode confiar. Até mesmo insinuam que o antigo Quéfren – o da Esfinge, da Segunda Pirâmide e do enorme portal do templo – vivia muito abaixo no subterrâneo, junto da macabra rainha Nitócris, governando todas as múmias que não eram nem humanas nem animais.

Foi com estes – Quéfren e sua cônjuge e seu estranho exército de híbridos mortos – que sonhei, e é por isso que estou contente pelas exatas formas oníricas terem se desaparecido de minha memória. A visão mais horrível que tive estava conectada com uma questão tola que fiz a mim mesmo, no dia anterior, enquanto olhava para o grande mistério esculpido do deserto e imaginava com qual profundeza desconhecida o templo próximo a ela poderia estar secretamente conectado. Aquela questão, tão inocente e extravagante, assumiu, em meus sonhos, um significado de loucura frenética e histérica... A Esfinge fora originalmente esculpida para representar qual anormalidade enorme e repugnante?

Meu segundo despertar – se, de fato, foi um despertar – é uma memória de monstruosidade gritante, com que nada mais em minha vida – salvo algo que aconteceu depois – se pode comparar; e essa vida tem sido repleta e arriscada em relação à da maioria dos homens. Lembre-se de que eu havia perdido a consciência enquanto estava coberto pela cascata de corda pendente, cuja imensidão revelou a profundidade catastrófica da minha posição naquele momento. Então, ao passo em que a percepção retornava, senti todo o peso desaparecer; e percebi, ao me virar, que, embora estivesse amarrado, amordaçado e vendado, alguma entidade havia removido completamente a sufocante avalanche de cânhamo que me esmagara. O significado dessa condição, é claro, me foi revelado apenas gradualmente; mas, mesmo assim, acredito que eu teria sido levado à inconsciência, mais uma vez, se não tivesse, então, alcançado tal estado de exaustão emocional que nenhum novo horror poderia fazer muita diferença. Eu estava sozinho... junto do quê?

Antes que pudesse torturar a mim mesmo com alguma nova reflexão, ou fazer qualquer outro esforço para escapar de minhas amarras, uma circunstância adicional se manifestou. Dores que eu não tinha sentido antes torturavam meus braços e minhas pernas, e eu parecia estar coberto por uma profusão de sangue seco, em maior volume do que meus antigos cortes e arranhões poderiam ter originado. Meu peito também parecia estar perfurado por uma centena de feridas, como se algum íbis maligno e titânico o tivesse bicado. Sem dúvida, a entidade que havia removido a corda era agressiva, e tinha começado a me infligir terríveis ferimentos, até que, de alguma forma, foi forçada a desistir. No entanto, ao mesmo tempo, minhas sensações eram claramente contrárias ao que se poderia esperar. Em vez de mergulhar em um poço sem fundo de desespero, fui tomado por uma nova onda de coragem e ação; pois, agora, sentia que as forças malignas eram seres físicos, que um homem destemido poderia enfrentar em um plano de igualdade.

Com a força desse pensamento, puxei novamente minhas amarras, e utilizei toda a arte de uma vida para me libertar, como havia feito tantas vezes em meio ao brilho das luzes e aos aplausos de grandes multidões. Os detalhes familiares do meu processo escapista começaram a me absorver, e, agora que a longa corda se fora, quase recuperei minha crença de que, afinal, os horrores supremos eram alucinações, e que nunca havia existido nenhum poço terrível, abismo imenso nem corda interminável. Estaria eu, afinal, no portal do Templo de Quéfren, ao lado da Esfinge, e teriam os covardes árabes me sequestrado para me torturar enquanto eu jazia indefeso? De qualquer forma, precisava me libertar. Se me levantasse, livre da corda, da mordaça e da venda, com os olhos abertos para capturar algum vislumbre de luz que se infiltrasse por qualquer fonte, eu realmente poderia me deliciar no combate contra inimigos maus e traiçoeiros!

Quanto tempo levei para me livrar de meus obstáculos não sei dizer. Devo ter demorado mais do que em minhas apresentações em espetáculos, pois estava ferido, exausto e enfraquecido pelas experiências que havia vivenciado. Quando, finalmente, me libertei, respirando profundamente o ar frio, úmido e terrivelmente aromático, ainda mais horrível sem a vigorosa proteção da mordaça e da venda, descobri que estava contraído e fatigado demais para me mover de imediato. Fiquei ali, tentando alongar meu corpo, encurvado e lacerado, por um período indeterminado, e forçando meus olhos para captar o relance de algum raio de luz que pudesse me ajudar a identificar minha situação.

Aos poucos, retomei minha força e minha flexibilidade, mas meus olhos não enxergavam nada. Enquanto cambaleava, examinei cuidadosamente todas as direções, embora deparasse apenas com uma escuridão de ébano tão grande como se eu ainda estivesse vendado. Tentei mexer as pernas, cobertas de sangue por baixo de minhas calças rasgadas, e descobri que podia caminhar – embora não conseguisse decidir em que direção seguir. Obviamente, não deveria andar ao acaso e, talvez, afastar-me diretamente da entrada que procurava; então, fiz uma pausa, para observar a diferença na corrente de ar fria, fétida, com perfume de bicarbonato, que eu não tinha deixado de sentir. Assumindo a direção de sua fonte como a possível entrada para o abismo, empenhei-me em acompanhar esse ponto de referência e me dirigir com consistência até ele.

Havia uma caixa de fósforos comigo, e até mesmo uma pequena lanterna elétrica, mas é claro que os bolsos das minhas roupas remexidas e esfarrapadas tinham sido esvaziados de todos os objetos pesados havia muito tempo. Enquanto andava com cuidado na escuridão, a corrente de ar ficou mais forte e ofensiva, até que, finalmente, pude considerá-la como nada menos que o fluxo material de um vapor detestável, que saía de alguma abertura como a fumaça do gênio sai da garrafa do pescador, no conto oriental. O oriente... O Egito... sinceramente, esse berço obscuro da civilização sempre foi a fonte de indescritíveis horrores e maravilhas.

Quanto mais eu refletia sobre a natureza desse vento cavernoso, maior se tornava minha sensação de inquietação; pois, apesar do seu odor, eu buscava sua origem, tendo-a ao menos como uma pista indireta para o mundo exterior. E, agora, eu via claramente que essa exalação fétida não poderia ter nenhuma mistura ou conexão com o ar limpo do deserto líbio, mas deveria ser, essencialmente, algo vomitado dos fossos sinistros ainda mais profundos. Estava, portanto, andando na direção errada.

Depois de um momento de reflexão, decidi não refazer meus passos. Longe da corrente de ar, eu não teria nenhum ponto de referência, pois o pavimento de pedra, rudemente nivelado, não possuía formas compreensíveis. Se, no entanto, eu seguisse a estranha corrente, sem dúvida chegaria a algum tipo de abertura, a partir de cujo portal eu pudesse, talvez, tatear as paredes, avançando até o lado oposto desse saguão gigantesco que, de outro modo, não poderia ser atravessado. Eu sabia bem que poderia falhar. Percebi que essa área não fazia parte do portal do Templo de Quéfren que os turistas conheciam, e fiquei assombrado ao pensar que esse saguão, em particular, pudesse ser desconhecido até mesmo dos arqueólogos, e somente tivesse sido encontrado sem querer pelos árabes curiosos e malignos que haviam me aprisionado. Caso positivo, haveria alguma passagem de fuga atual para as áreas conhecidas ou para o exterior?

De fato, que evidências eu possuía, agora, de que realmente se tratava do portal do templo? Por um momento, todas as minhas mais loucas especulações voltaram depressa à minha mente, e pensei sobre aquela vívida mistura de impressões – a descida, a suspensão no espaço, a corda, meus ferimentos e os sonhos que eram claramente sonhos. Seria esse o fim da vida para mim? Ou, na verdade, seria misericordioso se esse momento fosse o fim? Eu não conseguia responder a nenhuma de minhas próprias perguntas; simplesmente continuei, até que o destino me reduziu à inconsciência, pela terceira vez.

Dessa vez não houve sonhos, pois a imprevisibilidade do incidente me chocou para além de qualquer pensamento, consciente ou subconsciente. Tropeçando em um inesperado degrau descendente, em um ponto em que a corrente de ar ofensiva se tornou forte o suficiente para oferecer uma verdadeira resistência física, precipitei-me, com tudo, em um lance negro de enormes escadas de pedra, em direção um poço de completa monstruosidade.

Que eu tenha respirado novamente é um tributo à vitalidade característica do organismo humano saudável. Sempre me lembro daquela noite e sinto um toque de verdadeiro humor naqueles repetidos lapsos de consciência; lapsos cujas sucessões me lembravam, naquele momento, de nada mais que os toscos melodramas do cinema daquela época. É claro, é possível que os repetidos lapsos nunca tenham ocorrido; e que todas as características daquele pesadelo subterrâneo tenham sido apenas os sonhos de um único e longo coma, que havia começado com o choque de minha descida naquele abismo e terminado com o bálsamo regenerante do ar externo e do sol nascente que me encontrou estendido nas areias de Gizé, diante da face sarcástica e corada pelo amanhecer da Grande Esfinge.

Prefiro acreditar nessa última explicação, tanto quanto possível, então fiquei feliz quando a polícia me disse que a barreira de entrada para o portal do templo de Quéfren havia sido encontrada aberta, e que uma fenda considerável, que levava à superfície, realmente existia, em um canto da área ainda enterrada. Fiquei feliz também quando os médicos disseram que meus ferimentos eram apenas os que seriam esperados depois de eu ter sido capturado, vendado e baixado pelo poço, e de ter lutado com as amarras e caído de alguma distância – talvez em uma depressão na galeria interna do templo –, arrastado-me até a barreira externa, escapado dela, e experiências como essas... um diagnóstico muito tranquilizante. E, contudo, sei que deve existir mais do que o aparente na superfície. A memória da extrema descida é muito vívida para ser descartada – e é estranho que nunca ninguém tenha sido capaz de encontrar um homem que correspondesse à descrição do meu guia, Abdul Reis el Drogman – o guia de voz sepulcral que se parecia e sorria como o rei Quéfren.

Desviei-me de minha narrativa bem articulada – talvez na vã esperança de evitar o relato dos acontecimentos finais; aqueles acontecimentos que, entre todos, com certeza foram alucinações. Mas, prometi contar, e não quebro promessas. Quando recuperei – ou pareci ter recuperado – meus sentidos, após a queda na escada de pedras negras, estava tão sozinho na escuridão quanto antes. O vento fedorento, antes já ruim o suficiente, estava agora diabólico, embora eu tivesse adquirido bastante familiaridade para suportá-lo firmemente, a essa altura. Desorientado, comecei a rastejar para longe de onde vinha a pútrida corrente de ar, e, com minhas mãos ensanguentadas, senti os blocos colossais de um enorme pavimento. Em dado momento, minha cabeça bateu em um duro objeto, e, quando o toquei, descobri que se tratava da base de uma coluna – uma coluna de imensidão inacreditável –, cuja superfície estava coberta por gigantescos hieróglifos esculpidos e muito perceptíveis ao toque.

Continuando a rastejar, encontrei outras enormes colunas, separadas por distâncias incompreensíveis, quando, de repente, minha atenção foi capturada pela percepção de algo que devia estar interferindo em minha audição subconsciente, muito antes que o próprio sentido consciente o percebesse.

De algum abismo, ainda mais inferior nas entranhas da terra, vinham certos sons, rítmicos e definidos, diferentes de tudo o que eu já tinha ouvido antes. Que eram muito antigos e claramente cerimoniais percebi de modo quase intuitivo; e as muitas leituras sobre egiptologia me levaram a associá-los com a flauta, a sambuca, o sistro e o tímpano. Em seu assobio, seu zumbido, seu chocalhar e sua percussão rítmicos, senti um elemento de terror além de todos os terrores conhecidos na terra – um terror particularmente dissociado do medo pessoal, que tomava a forma de uma espécie de piedade objetiva por nosso planeta, e que deve guardar, em suas profundezas, tais horrores que devem se encontrar além dessas desagradáveis sonoridades egípcias. O volume dos sons havia aumentado, e senti que se aproximavam. Então – e que todos os deuses, de todos os panteões, se unam para manter ruídos semelhantes longe de meus ouvidos novamente –, comecei a ouvir, leve e a distância, o caminhar pesado, mórbido e milenar de seres em marcha.

Era horrendo que passos tão diferentes se movessem em um ritmo tão perfeito. O treinamento de milhares de anos profanos devia se encontrar por trás daquela marcha das monstruosidades mais secretas da terra... andando devagar, estalando, caminhando, espreitando, ressoando, arrastando-se pesadamente, rastejando... E tudo ao som da dissonância abominável daqueles instrumentos zombeteiros. E, então – que Deus mantenha a lembrança daquelas lendas árabes longe da minha cabeça! –, as múmias sem alma... o ponto de encontro dos errantes *kas*... as multidões dos mortos faraônicos amaldiçoados pelo diabo ao longo de quarenta séculos... as múmias híbridas guiadas através dos extremos vazios de ônix pelo rei Quéfren e sua demoníaca rainha Nitócris...

A caminhada se aproximava – que os céus me salvem dos sons daqueles pés, patas, cascos e garras, que começavam a se tornar reconhecíveis! Nas profundezas ilimitadas de pavimentos sombrios, uma faísca de luz tremeluziu no vento malcheiroso, e eu me escondi atrás da enorme circunferência de uma coluna gigantesca, na qual poderia escapar, por um momento, do horror que espreitava, com seus milhões de pés através de grandes hipostilos de pavor inumano e antiguidade fóbica. As faíscas aumentaram, e a marcha e o ritmo dissonante tornaram-se repugnantemente altos. Sob a luz trêmula e alaranjada, apresentou-se, de modo vago, uma cena de tal fascínio inflexível que arfei de pura admiração, superando até mesmo o medo e a repulsa. Bases de colunas cuja altura ia além da visão humana, simples bases de coisas que reduziriam a Torre Eiffel à insignificância... hieróglifos esculpidos por mãos inimagináveis, em cavernas em que a luz do dia era apenas uma lenda remota...

Eu não olharia para os seres que marchavam. Isso eu havia decidido, com desespero, assim que ouvi o rangido de suas articulações e o arfar nitroso acima da música e da marcha dos mortos. Ainda bem que eles não falavam... mas, Deus!, suas loucas tochas começaram a lançar sombras sobre a superfície daquelas magníficas colunas. Que os céus levem essa visão embora! Hipopótamos não deveriam ter mãos humanas nem carregar tochas... Homens não deveriam ter cabeça de crocodilo...

Tentei me virar, mas as sombras, os sons e o fedor estavam por todo o lugar. Então, lembrei-me de algo que costumava fazer em pesadelos quase conscientes, quando era criança, e comecei a repetir para mim mesmo: "Isto é um sonho! Isto é um sonho!". Mas não adiantou nada, e só pude fechar os olhos e rezar... pelo menos, acho que foi isso que fiz, pois nunca se tem certeza de nada durante as visões – e sei que não foi nada além disso. Perguntei-me se alcançaria o mundo novamente, e, vez ou outra, abria os olhos disfarçadamente, para ver se podia identificar qualquer característica do lugar, além do vento de putrefação aromática, das colunas que se elevavam além da visão e das sombras grotescas de horror anormal. A luz crepitante de múltiplas tochas agora brilhava, e, a menos que esse lugar infernal não possuísse nenhuma parede, eu logo não deixaria de enxergar algum limite ou ponto de referência. Mas precisei fechar os olhos novamente, quando percebi quantos seres estavam reunidos – e quando vislumbrei certo objeto, andando de modo solene e firme, sem nenhum corpo sobre a cintura.

Um gorgolejo cadavérico, ou um diabólico e ululante chocalho da morte, agora dividia a própria atmosfera – a atmosfera de ossuário venenoso, com rajadas de nafta e betume –, em um coro orquestrado da legião macabra de blasfêmias híbridas. Meus olhos, perversamente abertos, viram, por um instante, uma vista que nenhuma criatura humana poderia imaginar sem sentir pânico, medo e exaustão física. Os seres haviam andado em fila, cerimoniosamente, em uma direção, na direção do vento nocivo, onde a luz de suas tochas revelavam suas cabeças curvadas – ou as cabeças curvadas daqueles que possuíam cabeça. Eles prestavam culto diante da enorme abertura negra que exalava fedor, que se estendia quase além da visão, e que eu podia ver que estava ladeada, em ângulos retos, por duas escadas gigantes cujo topo se encontrava distante, nas sombras. Uma delas, sem dúvida, era a escada pela qual eu havia caído.

As dimensões do buraco eram totalmente proporcionais às das colunas – uma casa comum se perderia ali, e qualquer típico edifício público poderia facilmente ser movido para dentro ou para fora dele. A superfície era tão enorme que apenas movendo-se os olhos era possível traçar seus limites... Tão grande, tão horrendamente negra e tão aromaticamente fedorenta. Bem à frente dessa imensa porta de Polifemo, os seres atiravam objetos, sem dúvida sacrifícios ou oferendas religiosas, a julgar por seus gestos. Quéfren era seu líder; o irônico rei Quéfren, ou o guia Abdul Reis, coroado com um *pschent* de ouro e entoando infinitas fórmulas com a voz abafada dos mortos. Ao lado dele, ajoelhava-se a bela rainha Nitócris, que, por um momento, eu vi de perfil, observando que a metade direita de sua face fora devorada por ratos ou outros demônios. E fechei os olhos novamente, quando vi quais objetos eram atirados como oferendas à abertura fétida ou sua possível divindade local.

Ocorreu-me que, a julgar pela forma bem preparada dessa adoração, a divindade oculta devia possuir considerável importância. Seria Osíris ou Ísis, Hórus ou Anúbis, ou algum deus da Morte, muito desconhecido, ainda mais central e supremo? Existe uma lenda de que terríveis altares e colossos foram criados para um Ser Desconhecido, antes mesmo que os deuses conhecidos fossem adorados...

E, agora, enquanto me preparava para assistir às adorações surpreendentes e fúnebres daqueles seres inomináveis, ocorreu-me a ideia de fugir. O salão estava escuro e as colunas, tomadas pelas sombras. Com cada criatura daquela multidão de pesadelos absorta em um êxtase chocante, talvez fosse possível rastejar até a distante extremidade de uma das escadas e subir despercebido – confiava no destino e na habilidade de me libertar dos alcances superiores. Onde estava eu não sabia, e não havia refletido seriamente sobre isso – e, por um momento, pareceu-me divertido planejar uma fuga séria de um lugar que sabia ser um sonho. Estaria eu em algum oculto e insuspeitado domínio inferior do portal do Tempo de Quéfren – aquele templo que gerações haviam chamado, com insistência, de Templo da Esfinge? Eu não poderia especular, mas decidi subir em direção à vida e à consciência, se a esperteza e os músculos pudessem me carregar.

Contorcendo-me, de bruços sobre o meu estômago, comecei a ansiosa jornada em direção ao pé da escada à esquerda, que parecia ser a mais acessível das duas. Não consigo descrever os problemas e as sensações daquele rastejar, mas eles é possível imaginá-los quando se reflete sobre ao que precisei assistir, continuamente, sob a maligna luz das tochas soprada pelo vento, a fim de evitar ser descoberto. O topo da escadaria estava, como disse, distante nas sombras, e devia levar ao vertiginoso patamar, com parapeito sobre a abertura, sem fazer uma curva. Isso sinalizava que os últimos estágios do meu rastejar estariam a alguma distância do nocivo rebanho; e o espetáculo continuava a me arrepiar, embora acontecesse em um ponto bastante distante, à minha direita.

Por fim, cheguei aos degraus e comecei a subir, mantendo-me próximo da parede, na qual notei decorações da mais hedionda espécie, e, por segurança, confiando no interesse absorto e extático com o qual as monstruosidades admiravam a abertura repleta de brisa fétida e os desumanos alimentos que haviam lançado no pavimento à sua frente. Embora a escada fosse enorme e íngreme, construída com grandes blocos de pórfiro, como se feita para os pés de um gigante, a subida parecia quase interminável. O medo de ser descoberto e a dor que o exercício renovado conferia às minhas feridas se uniram, para fazer daquele rastejar ascendente a fonte de uma memória agonizante. Eu pretendia, ao chegar ao patamar superior, escalar, imediatamente adiante, qualquer escada que subisse ali, sem parar para dar uma última olhada nas abominações asquerosas, que arranhavam e se ajoelhavam cerca de 25 metros abaixo. No entanto, uma brusca repetição daquele gorgolejo cadavérico trovejante, e do coro de chocalho da morte, que me alcançavam enquanto eu me aproximava do topo da escada, mostrando, com seu ritmo cerimonial, que não se tratava de um alarme da minha descoberta, me fez parar e espreitar, cautelosamente, sobre o parapeito.

As monstruosidades saudavam algo que começava a sair da nauseante abertura para agarrar a oferenda infernal. Era algo consideravelmente magnífico, mesmo quando visto da altura em que eu me encontrava; algo amarelado e peludo, e dotado de uma espécie de movimento nervoso. Era tão enorme como, talvez, um hipopótamo de grande porte, mas com um formato muito curioso. Parecia não ter pescoço, mas cinco cabeças felpudas, que saltavam, em fila, de um tronco aproximadamente cilíndrico; a primeira era muito pequena, a segunda tinha um tamanho razoável, a terceira e a quarta eram iguais e as maiores de todas, e a quinta, bem menor, embora não tão pequena como a primeira.

Para fora dessas cabeças se estendiam curiosos tentáculos rígidos, que se apoderavam vorazmente das excessivas quantidades de inomináveis alimentos dispostos diante da abertura. De vez em quando, a coisa saltava e, ocasionalmente, retraía-se para dentro de seu covil, de uma maneira muito estranha. Sua locomoção era tão inexplicável que eu a observei com fascinação, desejando que emergisse para mais longe do covil cavernoso abaixo de mim.

Então, ela emergiu... emergiu, e, à sua vista, virei-me e fugi em direção à escuridão, subindo a mais alta escada que se erguia atrás de mim; fugi, inconscientemente, para cima, pelos incríveis degraus, pelas escadas de mão e pelas rampas, pelos quais nenhuma visão ou lógica humana me guiaram – e que jamais devo deixar ao mundo dos sonhos, por falta de confirmação. Deve ter sido um sonho, ou o amanhecer nunca me encontraria respirando nas areias de Gizé, diante da face sarcástica e corada pelo amanhecer da Grande Esfinge.

A Grande Esfinge! Deus! Aquela questão tola que fiz a mim mesmo, na manhã abençoada pelo sol, no dia anterior... Para representar que enorme e repugnante anormalidade a Esfinge fora originalmente esculpida?

Amaldiçoada é a vista, seja em sonho ou não, que me revelou o horror supremo – o desconhecido Deus dos Mortos, que lambe suas costeletas colossais no insuspeito abismo e se alimenta de restos horrendos trazidos por seres absurdos, sem alma, que não deveriam existir. O monstro de cinco cabeças que havia emergido... O monstro de cinco cabeças tão grande quanto um hipopótamo... O monstro de cinco cabeças – que era meramente a pata da frente...

Mas eu sobrevivi, e sei que foi apenas um sonho.

Impressão e Acabamento
Gráfica Oceano